# DEDOS IMPERMITIDOS

## LUCI COLLIN

**ILUMINURAS**

*Copyright © 2021*
   Luci Collin

*Copyright © desta edição*
   Editora Iluminuras Ltda.

*Capa e projeto gráfico*
   Eder Cardoso / Iluminuras

*Revisão*
   da autora
   Monika Vibeskaia
   Iluminuras

CIP-BRASIL. CATALOGAÇÃO NA PUBLICAÇÃO
SINDICATO NACIONAL DOS EDITORES DE LIVROS, RJ
C673d

   Collin, Luci, 1964-
      Dedos impermitidos : contos / Luci Collin. - 1. ed., - São Paulo : Iluminuras, 2021.
      120 p. ; 21 cm.

   ISBN 978-65-5519-088-5

   1. Contos brasileiros. I. Título.

21-70149                   CDD: 869.3
                           CDU: 82-34(81)

Camila Donis Hartmann - Bibliotecária - CRB-7/6472


2021
EDITORA ILUMINURAS LTDA.
   Rua Inácio Pereira da Rocha, 389 - 05432-011
   São Paulo - SP - Brasil
   Tel./Fax: 55 11 3031-6161
   iluminuras@iluminuras.com.br
   www.iluminuras.com.br

# ÍNDICE

*Prefácio*
COM A DEVIDA IMPERMISSÃO
(ou indevida permissão)
*Maria Esther Maciel,* 9

INTRO-, 17
DIAS CONTADOS, 21
FLORILÉGIO, 29
DA CAPO, 33
PRINCÍPIOS DA EXPRESSÃO, 37
CISMA, 43
RESSONÂNCIA ÓRFICA, 45
PRONTIDÃO, 49

SOL PERTENCENTE, 55
O DEÃO NÃO RASTEJA, 59
DIVINATÓRIO, 91
QUOD FIDELITAS EST FIDELIS, 107
ABSOLUTA DEPURAÇÃO, 113

SOBRE A AUTORA, 119

## Prefácio

## COM A DEVIDA IMPERMISSÃO
### (ou indevida permissão)

Maria Esther Maciel

*Este é um livro de contos que se furta aos limites do que se espera de um livro de contos. As narrativas que o compõem, mesmo ao manterem, cada uma à sua maneira, afinidades com aspectos dessa modalidade textual, abrem linhas de fuga em direção a vários outros tipos e formatos de escrita.*

*Se, no índice, aparecem 13 títulos de "contos", isso não quer dizer que tal número corresponda à quantidade de histórias que compõem o volume, visto que elas se multiplicam dentro dos textos, formando uma constelação. O que condiz, certamente, com o conjunto da obra de Luci Collin – escritora prolífica, que transita com desenvoltura em diferentes gêneros literários, reinventando-se a cada livro que escreve.*

*Nascida em Curitiba (PR), em 1964, Collin estreou na vida literária com o livro de poemas* Estarrecer, *de 1984, e desde então publicou mais 21 obras nos campos da poesia e da prosa, numa nítida opção, em várias delas, pelas formas híbridas, de viés experimental, mas sem prescindir dos registros cotidianos, da oralidade e das várias camadas líricas e irônicas da vida ao redor. Referências literárias, experiências prosaicas, situações insólitas, cenários existentes e fictícios, exercícios de imaginação, tudo isso se mescla nos seus escritos que, em 2004, foram designados pela própria autora de "inescritos", neologismo que serviu de título para o livro de "contos" lançado naquele ano.*

*Os "inescritos" de Collin se estendem, sob novas modulações, nos livros* Vozes num divertimento (2008), Acasos pensados (2008), A árvore todas (2015) e A peça intocada (2017), *todos atravessados pela inquieta imaginação da autora, com boas doses de ironia e humor. Aliás, é frequente o uso paródico que ela faz, nesses e outros livros, dos clichês da vida cotidiana. Como observou o crítico literário Victor da Rosa, numa resenha de* A árvore todas, *"a literatura de Luci Collin explora, de modo tão arrojado quanto debochado, um conjunto de 'vícios da linguagem' recorrentes no mundo atual: histerias, clichês, incorreções, grosseria, pedidos insistentes, discursos entediantes etc."*[1] *Explora-os, poderíamos acrescentar, para transformá-los em criações inesperadas.*

*Isso se dá a ver também nos romances* Com Que se Pode Jogar (2011/2021), Nossa Senhora D'Aqui (2015/2020) *e* Papéis de Maria Dias (2018).

*No caso desse último, por exemplo, trata-se de um romance que se apresenta também como uma combinatória de textos avulsos sobre a vida (ou as vidas) de uma personagem, Maria Dias, que se dá a ver como cinco mulheres ao mesmo tempo. Nele, diferentes vozes narrativas contam sua estranha história, em diferentes registros, que vão do mais coloquial ao mais poético. Diálogos inusuais, relatos banais, fluxos de consciência, listas atípicas, anotações aleatórias, notas científicas, biografemas intrigantes, boatos e poemas em prosa se entrelaçam de maneira incomum e bastante divertida.*

---

[1] "Contos de Luci Collin fazem desfile debochado de caricaturas". Jornal "O Globo", 12/03/2016.

A variedade de vozes narrativas destaca-se como uma das linhas de força mais incisivas da literatura de Collin, associada às modulações rítmicas da linguagem que mudam de acordo com os timbres, vibrações e tessituras próprias das falas dos que narram. Essa atenção dada às variações sonoras, em consonância com as diferentes dicções narrativas, condiz inegavelmente com a própria bagagem musical da escritora, uma vez que ela possui formação como pianista e percussionista, tendo sido integrante da Orquestra Sinfônica do Paraná. Não à toa, numa entrevista ao jornal Rascunho, ela reconhece: "Nenhum texto meu existiu, para mim, apenas como livro impresso. O texto é uma entidade sonora".

Sob esse prisma, cabe dizer que, se essa musicalidade é intrínseca aos seus poemas, ela se inscreve também em sua prosa multíplice por vias inusitadas, muitas vezes reforçando a oralidade da linguagem coloquial através do uso inventivo de tiques, sotaques e cacoetes os mais diversos.

Todos esses elementos perpassam os "contos" de Dedos Impermitidos, potencializados pela destreza no manejo dos recursos narrativos e pela primorosa construção das personagens.

O primeiro e o último "contos", intitulados, respectivamente, "Intro-" e "Absoluta depuração", não deixam de se referir, de forma sorrateira, ao próprio conjunto em que se inserem. O primeiro, espécie de prólogo ficcional da autora, apresenta uma personagem/narradora que vai ao shopping comprar um sofá e acaba por comprar um livro de contos, cujo título ela não sabe o que significa. A partir daí, ela começa a elucubrar sobre o que chama de "título idiota" e se lembra de um provérbio "que diz que os dedos da mão são irmãos mas não são iguais", acrescentando: "Acho essa frase linda e utilíssima". Dessa maneira, ela dá dicas bem-humoradas sobre os "dedos impermitidos" e ainda brinca: "Levantei com os dois pés esquerdos. São vinte dedos. Isso é que devia ser impermitido". Já no último conto, um dos mais poéticos, a autora se vale de listas de palavras numa mesma frase, mistura o *prosaico e o lírico, sem deixar de, também por vias imprevistas, fazer algumas considerações sobre sua própria escrita:*

> Agora escrevo o que me acontece como posso como dá, sem cerimônia, sem serventia, explícita prosa mundana tosca chula como um chá sem gosto feito das folhas que colhi, escrevo o que me acomete, como me absolvo num sem-número de amanheceres sem considerar os acidentes da clave, a unidade de compasso, o índigo do oceano, o desnorteio da rosa dos ventos, o susto com que se inaugura estar no mundo.

*Nesse dizer, concentra-se muito do que constitui o livro como um todo, sem qualquer inflexão didática e/ou teórica. Trata-se de uma metalinguagem incorporada criativamente ao próprio tecido ficcional do texto, o que torna o recurso bastante instigante.*

*O uso de listas aparece, com outra intensidade, no sétimo conto, "Ressonância Órfica", que trata de um convite, feito por um "eu" a um "você", para uma viagem ao "pantanal ao matagal ao bananal ao quintal". Para isso, são apresentadas listas de coisas a serem pensadas, imaginadas, consideradas e evitadas. Cada série compõe um parágrafo grafado em itálico, sem vírgulas, até que, mais adiante, uma outra lista – "dos motivos porque te quero" – vem subverter a lógica das demais.*

*O princípio serial também incide no conto "Dias Contados", embora numa configuração completamente distinta, já que se trata de um ajuntamento de histórias de pessoas em situação limite, seja na esfera familiar, seja nas relações pessoais em geral ou em momentos de solidão. Já no texto "Florilégio", a ideia de coleção é convertida em tema, visto que a protagonista é uma colecionadora de monstros, que, nas palavras da narradora, "construiu um repertório de experiências exclusivas e que lhe abriam o sentido para a saliva, para cavernas, para os coloridos dos miasmas, para ocupações impensáveis". Inclassificáveis, os monstros são e não são vivos, são sólidos e evanescentes, disformes e informes,*

*felizes e sinistros.* Emergem, dessa estranha e heteróclita coleção, algumas reflexões poéticas sobre a vida, que "terá sempre esse quê de turvo", "terá sempre esse quê de ornamento", "terá sempre esse quê".
Os demais "contos" trazem novas surpresas. O mais longo e complexo, "O Deão não Rasteja", traz cenas/experiências da vida do escritor e teólogo irlandês Jonathan Swift (1667-1745), numa mistura bastante original de biografia e ficção, na qual citações do protagonista também fazem parte da narração e se entrelaçam a falas coloquiais e outros registros textuais. Outros, como "Divinatório" – um dos mais engenhosos do livro –, "Quod Fidelitas Est Fidelis" – que parodia os discursos acadêmicos –, "Princípios de Expressão" – que reúne falas diferentes em torno de Charles Darwin – e "Prontidão" – construído à luz de um verso de "Filosofia", de Noel Rosa/André Filho – formam uma pluralidade descentrada, com diferentes pontos de vista e estratégias de enunciação. Ainda há "Da Capo" e "Cisma", os mais líricos dentre todos, e "Sol Pertencente" – o estruturado em horas do dia.

Esse último, como o "Intro-", remete transversalmente ao título do livro, trazendo uma epígrafe de Roland Barthes, que inclui a frase "É como seu eu tivesse palavras ao invés de dedos, ou dedos na ponta das palavras", a qual, por sua vez, não deixa de se referir ao próprio trabalho de escrita de Luci Collin nesta obra inclassificável, toda feita de dedos/palavras impermitidos e, por vezes, impermissíveis.

Sempre hábil nos arranjos e desarranjos da linguagem e das técnicas de composição, a escritora vem evidenciar mais uma vez, com este novo livro, que é possível extrair da realidade, das palavras e de nossa própria existência o que elas têm de mais ordinário e extraordinário ao mesmo tempo.

Belo Horizonte, abril de 2021

Para Adelaide e Leury,
primeiríssimas.

Para Amabilis de Jesus
e Sandra Novaes,
amigas mesmo.

# INTRO-

*O chefe da portaria, cheio de dedos, balbuciou:*
*– Essa senhora... essa senhora aí. Veio pedir uma coisa.*

CDA, *O jardim em frente*

Maio é o mais melhor dos meses. Vejam que beleza de frase que bimbalhou graciosamente na minha cabeça. Até parece uma fonte murmurante, uma musa que soprou essa frase cheia de emes e de sics. Claro que é o melhor dos meses: mês das noivas. Noiva é lindo. Eu sempre quis ter várias. Mas hoje é tudo uma complicação e estou aqui porque, sim, tenho um problema.
É difícil comprar um sofá. Entrar no shopping já foi complicado. Passar pelos seguranças. Olhar para o suntuoso mármore do piso a fim de evitar as vitrines e o ambiente espelhado. É uma demanda de foro espiritual de fato. Zanzei zanzei como é cruel zanzar assim e nem consegui achar loja de móveis. Entrei na livraria. Ia só pedir informação sobre banheiro, mas a mocinha gentil – Rossélia – já na porta: *Priçádeajud?* e eu precisava. Precisava muito. Só Deus sabe o quanto precisava.
Me deixei levar pelos encantos da flora livreira. Estava só vendo a capa pra não ficar com as mãos abanando e a vendedora *Maizugúm?* Subentendeu que eu levaria este. Levei. Tive que levar. Me forçaram. E agora? Um lugar pra cada coisa e cada coisa em seu lugar – é uma máxima insofismável. E o problema agora é:

aqui em casa não tem lugar pra esta coisa. E nem dá pra esquecer casualmente em cima do sofá porque eu não comprei o sofá. Comprei esta porcaria cujo título nem sei o que quer dizer. Procurei no dicionário online no celular mesmo e pelo que entendi não entendi nada porque remetia só à expressão "cheio de ademanes" e eu sei lá o que é isso e não vou passar a tarde toda a minha vida toda procurando no dicionário o que é ademanes. Dedo na goela é nojento. Dedo no nariz é nojento. Dedo na ferida, pior ainda. Dedo do meio é feio mas pelo menos rima. No Dedo de Deus nunca fui e dizem que é bem bonito.

Pra que complicar a coisa toda? Título idiota. Gosto de coisa que se entende. Me lembrei daquele provérbio que diz que os dedos da mão são irmãos mas não são iguais. Acho essa frase linda e utilíssima. Meu avô português sempre dizia. O outro não conheci. E agora? Pombas, eu tô que é uma pilha. Já me irritou demais ter gasto uma pequena fortuna nessa coisa inútil. Que dia, te conto! Levantei com os dois pés esquerdos. São vinte dedos. Isso é que devia ser impermitido. Mas sigo rente até o fim: vou tentar manter o frescor e a musicalidade do início. Tinha fonte musa e noiva. Maio é que signo?

Achei um telefone pra pedir devolução. Meu dinheiro de volta e damos por encerrado o incidente. (08000)31012642630. Musiquinha. Musiquinha. Mais musiquinha. Arre! *Para produtos com defeito: digite 1226; para games, frutas e automotivos, digite 1263; para artigos de pesca, suplementos vitamínicos e plásticos em geral, digite 1271; para troca de biquínis em promoção, digite 4512; para conhecer nossas ofertas imperdíveis, digite 1212; para artigos de bebê, jardinagem e açougue, digite 1298; ou digite 1213 para falar com uma de nossas atendentes.* 1-2-1-3: *No momento todas as atendentes estão comendo e não se deve falar com a boca cheia. No momento todas as nossas atendentes foram enviadas para o front em defesa da Átria. No momento todas as nossas* atendentes estão perdidas numa ilha no pacífico Sul. No momento todas as nossas atendentes foram ao toalette colocar o dedo na tomada. Para deixar recado, digite 1264 ou, se preferir, chame mais tarde. Para ouvir o menu em aramaico, copta ou antioquense, digite 1218.

Sim, "intro-" é um prefixo culto daqueles que insistem. Pronunciável na portaria.

Vou ter que ficar com este livro. É de contos.
É difícil comprar um sofá.

# DIAS CONTADOS

A sra. T mora sozinha em uma enorme casa de dois pavimentos. Sim, é a mesma casa de sua infância; obteve o imóvel por herança. Se houve um marido nesse meio tempo, então ela agora é viúva. A sra. T pode ser chamada de "muito muito velha mesmo", mas enganam-se os que imaginam que tem as costas arqueadas ou as mãos trêmulas ou os olhos lacrimejantes ou cheios de antiguidades. Executa as tarefas domésticas com destreza. Ela poderia lhe contar histórias de guerras, histórias sobre gafanhotos e sobre terremotos, histórias de naufrágios e de dirigíveis e de enseadas ao entardecer e de baleias. E você ficaria sem entender muita coisa, devido à incidência de palavras que lhe soariam estranhas e desconhecidas, uma vez que a sra. T, com notável galhardia, usa palavras como furibundo convescote soldo e aquiescer ou atoleimado jubiloso admoestar e véspora ou ainda botica sacripanta e lorota. Mas tudo que você ouvisse, cada episódio de dor, surpresa, tédio ou bravura, teria comprovação histórica porque a sra. T tem excelente memória e nunca foi dada a divagações. Tem excelente senso de humor também. É importante que se diga.

Uma manhã ensolarada ou não a sra. T poderá tomar uma cápsula de cianureto ao invés de sua tradicional pílula de polivitamínico. Mas isso não acontecerá pois ela jamais teve cianureto em casa. A sra. T poderá cair do sótão numa terça-feira rolar das escadas ou cair da janela quando limpa os vidros. A sra. T poderá ter uma vertigem súbita. Uma tontura inesperada. Coisas da idade. Tropeçar no balde, quiçá num rodo. Felizmente a sra. T nunca frequenta o sótão às terças-feiras. Isso é algo que ela tem por princípio manter desde menina. A sra. T poderá furar o próprio olho com uma agulha de bordado em tapeçaria sem querer claro por total descuido a mão direita da sra. T – não intencionalmente – leva a agulha ao olho e destrói córnea cristalino coroide e esclera. Mas provavelmente isso jamais acontecerá porque a sra. T usa óculos religiosamente quando borda arraiolo e eles impediriam a agulha de perfurar outra coisa que não o próprio tecido.

Muitos acharam errado que ela tenha "vendido" grande parte da propriedade dos pais e tenha mantido só a casa. O empreiteiro pagaria um bom dinheiro à sra. T mas ela recusou pagamento e doou graciosamente o enorme terreno de muitos alqueires porque achou o empreiteiro simpático mesmo e respeitoso para com ela; e o tom pastel do cashmere que ele, naquele raro momento, vestia lhe agradara sobremaneira.

Os bisnetos da sra. T talvez detestassem lembrar desse episódio. É importante registrar aqui que todas as pessoas que de algum modo julgaram ou que ainda poderiam julgar a sra. T estão mortas, incluindo seu último bisneto, Gláucio, que veio a óbito em maio passado em virtude de um mal-estar indefinível.

$$\Omega$$

O que esse pequeno lago esconde: um fundo falso, de plástico ou cimento bruto ou liso; um tipo de peixe adestrado, catequizado e incomestível; libélulas impossíveis.

Você que neste exato momento olha cuidadosamente para o lago, você que nunca parou para pensar no que vai escondido, é importante que se diga, tem o coração em fragmentos, tem a cabeça que é um maço de cartas de baralho, tem o corpo que é uma enguia em lata, e sua respiração desconhece a si própria porque seu sangue corre desavisado e indiferente aos possíveis bloqueios das rotas. (Minha amiga Bernardete Lúcia Cruz morreu de um trombo desgovernado. Não era amiga de infância. Na verdade, não era amiga, era apenas colega de trabalho. Não fui ao velório. Fiquei sabendo apenas doze dias após). E essas lágrimas que você tanto chora ou choraria – por absoluta falta de tempo para passar histórias a limpo, por falta de jeito, por falta de tato sei lá, esse sorriso esquisito, meio-sorriso, que você improvisa junto com a frase toda em voz macia, mentidamente macia – é como o plástico todo da cena.

Agora como você olha ao seu redor e estranha, estranha escancaradamente que haja essa quantidade de perguntas que se insinuam assim nesse sem-cerimônia, que inferno. E esse som de ambulância o som das bolas de bilhar que se chocam nesse boteco displicente nessa madrugada e até mesmo o som inofensivo do relógio-cuco da vizinha de cima que só agora você percebeu pode ser: asfixia. É importante que se diga. Felizmente você se lembra que veio aqui apenas para resgatar o anel do melhor ouro que fora jogado no lago. Mas o lago é maior do que o esperado. Maior do que parecia ser naquela foto. Maior apenas e totalmente maior. Essas situações requerem uma boa dose de observação. É o que você estaria a pensar.

O plástico do fundo do lago não aparece na fotografia. Nem nenhum grito. Nem o amarrotado da calça. Nem o cheiro do céu pegando fogo. Nem o comichão que Isaura sente no sexo. Nem o leve distúrbio de atenção que Leonel teve na infância. Nem o irmão morto da Leocádia (aos seis anos, por afogamento). Nem a moedinha minúscula que nem vale mais nada que o Sr. Timóteo João Lemes colocou na fenda da caixinha de doações que davam direito a se acender uma vela na Igreja Maior de Nossa Senhora do Acanho. Nem a decepção que se aproxima ao percebermos que aquela conversa comprida comprida infinita cheia de detalhes não terminou com uma piada pra descontrair. Nem a solidão indevida do peixe citado acima quando se perde a coragem. Um de um cardume. (Um de uma manada; uma de um enxame). Quando se perde a razão por perceber que nunca se teve razão alguma. Nem nas frases. Sobretudo não em frase nenhuma.

Ω

A filha que implora a atenção da mãe. A mãe está ao piano. É um piano alemão excelente. As mãos daquela que é a mãe parecem nervosas mas seu semblante, principalmente os olhos, não revelam agitação. Talvez revelassem tédio mas não dá pra afirmar isso com certeza absoluta. À mãe resta-lhe pouco mais de um mês de vida. Sim, está com uma doença terrível, foi o que lhe disse um médico e também, posteriormente, uma vidente. Não sabemos se a mãe contou isso à filha. A banqueta do piano é original. A filha tem filhos (na idade de sete e nove anos) e ainda mendiga a atenção da mãe. É importante que se diga. A filha tem dois filhos mas a mãe só teve uma. A mãe está ao piano e a filha fala sobre coisas e mais coisas que já aconteceram. Depois fala de coisas que poderiam ter acontecido. Depois fala de coisas como deveriam ter acontecido. É um amontoado de situações barulhentas que demandariam silêncio maciez e agrado. A filha repetiu a mesma história sobre um abacateiro na infância. Mas sobre ter ficado pra final em geografia na 6ª série nada se disse. A mãe tenta se concentrar na partitura, dedicada que está a resolver o dedilhado dos quatro últimos compassos daquela peça aparentemente de Felix Mendelssohn Bartholdy. Pode-se notar, caso necessário, que o assento da banqueta do piano é de palhinha. A filha mendiga a atenção da mãe e por fim diz quase gritando Você está mais preocupada com essa porra de música idiota do Felix Mendelssohn Bartoldy que com a tua própria filha! E a mãe responderia: Não é dele. É uma composição própria.

Ω

Pode ser a Fátima ou o filho do Sr. Emerenciano que tenham pensado isso. Não, o assistente do Dr. França não poderia ser. Nem a Cândida, você está cometendo um erro de julgamento. Fiz esse comentário apenas por obrigação, para manter profissional a minha conduta; por favor, não se constranja.

Na próxima segunda-feira atirar-se-á da janela. De um andar bem alto pra não sobrar nada mesmo. Porque seria repugnante não estar ali para afastar animais, sobretudo aves de rapina ou insetos de proporções inimagináveis ou curiosos. Já escolheu a vestimenta a ser usada, cortou as unhas do pé, cancelou a conta de luz, decidiu qual janela e qual horário é o mais conveniente. Prenderá a cortina com a fita larga, cor de musgo, que veio enfeitando aquele presente de Páscoa – para evitar coisas esvoaçantes na cena. Vendeu aquele par de luvas novinho e deixou o dinheiro de gorjeta para alguém desconhecido em um café desconhecido. Nunca gostou de pôr de sol. Aquelas bebidas exóticas dentro de um abacaxi sempre lhe pareceram medíocres. Ficar assistindo a filmes de quinta categoria madrugada adentro também nunca lhe disse coisa alguma. Sexo é uma trabalheira danada e depois tem-se que fingir muito (87% do tempo). Cachecóis coloridos, meias coloridas, blusas de listras coloridas, lençóis ou jogos de mesa com excesso de colorido nunca lhe disseram muita coisa. Não deixará cartas nem bilhetes de despedida e não foi uma decisão difícil de ser tomada. Sequer cogitou em procurar papel ou caneta pelo apartamento. Durante a vida inteira jamais usou uma caneta que não fosse emprestada. É importante que se diga: devolveu todas sempre.

Com enorme alívio pensou que não terá que aceitar aquele trabalho insuportável à noite para terminar de pagar o tratamento de canal. Dentes são o maior mistério.

Ω

Abri mão de tudo que eu tinha pra fazer e fui até a delegacia. Não era tão perto. Ainda bem que o ônibus estava relativamente vazio, embora tenha demorado para chegar. Consultei uma policial que se encontrava no guichê da recepção – era loira, chamava-se Jinny ou Dinny, não vi bem, e usava um batom exagerado, mas sem perfume – e ela me deu instruções suficientes para que eu me dirigisse às cadeiras do que era uma espécie de sala de espera. Aguardei ali naquele ambiente das cadeirinhas plásticas. Aguardei em pé porque as cadeiras apresentavam detritos de sujeira ou secreções não identificáveis mas absolutas. Pensei ter visto um dedo no chão perto da lixeira. Mas pode ter sido um dente canino. Não havia revistas ali. Não havia nada ali para ajudar alguém a passar o tempo distraidamente. Às vezes vinham gritos do final de um corredor e passavam pessoas muito agitadas. Não consegui discernir nenhuma frase inteira, nenhum diálogo, portanto. Muitas criaturas aqui usam bonés. Duas delas mascam chicletes. Três usam o mesmo modelo de armação de óculos. Na parede havia uma mancha muito estranha que ainda deve estar lá porque aquilo ali não vai sair assim tão facilmente.

Contei ao superior encarregado, quando chamaram o meu nome, contei-lhe que havia um corpo guardado no freezer da minha casa. Ele disse gentilmente (agora fiquei em dúvida, se foi mesmo gentilmente, se foi indiferentemente, se foi com certo cansaço) Sente-se. Perguntou-me se eu me lembrava se era um freezer vertical ou horizontal. Perguntou-me se eu sabia algo sobre o movimento de translação da Terra. Perguntou-me se eu tinha noção de semeadura de orquídeas a partir de matrizes clássicas. A tudo eu respondi não.

$\Omega$

Sempre achou que há qualquer coisa de heroico naquilo de pular de volta no caminhão de lixo e dar aqueles gritos curtos e às vezes assobios como um pequeno código pro motorista saber se pode ir arrancando. Mas é o momento do salto, às vezes com o caminhão em movimento (nada é perfeitamente sincrônico à noite nem mesmo os abraços na escuridão), o mais incrível e insubmisso. Por isso escolheu aquilo pro resto da vida. (Ainda não tem certeza de que morrerá cedo porque isso, é importante que se diga, é o detalhe e todos os detalhes sabem ao imponderável). Quando chegar em casa depois do trabalho desse dia (noite) o dentinho de sua filha Priscila terá caído e a mãe dela, Catarina, já terá colocado a moeda da fada sob o travesseiro. Seu vizinho, Sr. Arnoldo Genésio de Lima (Seu Gene) terá recebido a notícia de que o Sales, seu melhor amigo, sofreu um atropelamento. Sua tia Tilde (Clementildes), irmã de sua mãe Josinaura, já terá ido dormir porque amanhã acorda cedíssimo para passar café pro povo todo da casa. E o Púqui não consegue pegar no sono porque tem um tumor na bexiga que incomoda muito mas ninguém sabe, nem ele mesmo, porque é um cachorro e ficou muito velho.

Como é sempre agradável fazer esse trabalho porque você tem toda a autonomia do mundo e tudo é rápido e ninguém se importa se você existe e se chove e se faz sol (noite) e se você está cansado ou com uma cárie medonha e se você existe. Ele tem uma dor horrível na perna logo abaixo do joelho desde que errou o salto e estraçalhou as calças verdes e o osso contra o asfalto. Não comentou nada em casa. Não comentou nada nem consigo mesmo.

Quando era menino – de dentro do carro do pai, do banco de trás do fusquinha – viu aquele salto dado por um homem com roupas verdes e uma faixa fosforescente nas costas. Em forma de X. Aquele homem com uniforme verde e capaz de dar aquele salto, é importante que se diga, foi o único grande homem que conheceu na vida. Naquele salto percebeu que quem trabalha com a remoção do lixo, dos dejetos, do refugo, do resto do que quer que seja é tornado livre como um gato. Um gato jamais conservará um enredo.

# FLORILÉGIO

Colecionava monstros. Não porque tivesse se esforçado desde a infância, hábito eleito e sentido, mas porque, ao mesmo tempo em que colecionava monstros, acreditava em destino. Assim construiu um repertório de experiências exclusivas e que lhe abriam o sentido para a saliva, para cavernas, para o colorido dos miasmas, para ocupações impensáveis.

Não lembra exatamente do momento em que iniciou a campanha. A vida terá sempre esse quê de turvo. Do que com certeza lembra-se é daquela noite encardida em que todos da casa dormiam incluindo espelhos, bibelôs de gesso, relógios e as flores do vaso, menos ela. Menos ela porque se alimentava de si mesma na tentativa de encontrar a precisão daquele degredo num punhado de palavras que, se fossem um punhado de sons, ainda que agonizantes, já seriam suficientes. E não conseguia. Seus olhos de menininha não se fechavam à noite. Ali era um desfile. Nas paredes brancas se multiplicavam garatujas e abstrações: era isso seu correspondente ao sonho. E logo era dia de novo e as figuras colecionáveis se reproduziam e tinham vozes num registro nunca pensado que quiçá fossem gritos indisfarçáveis ou mesmo os números errados nos cálculos que a professora caduca daquela escola mentida insistia em corrigir com vermelhos. E ela, como se o arrepio na pele viesse do som de tambores na antiguidade, atendia àquelas vozes. O sonho da coleção era um amparo.

Eram mínimos os primeiros. Eram pequenas criaturas talvez impalpáveis mas o atraente em suas figuras eram os retorcidos chifres que, vez por outra, igual se apresentavam como antenas. Talvez também indispensáveis fossem o olhar demente e aquele cheiro. Um cheiro de carcaça ou cheiro de água podre ou cheiro de pele rugosa ou cheiro de escama e de estrias. Era um cheiro lindo e que fazia com que seus olhos de menina se enchessem d'água. E ela ria e chorava ao mesmo tempo. E ao mesmo tempo queria acariciar as figurinhas, mas eram mínimos os primeiros e o apenas permitido naquele êxtase era cantar uma cantiga sem som, uma cantiga vitalícia que acontecia na sua própria cabeça. Sempre o por dentro. Mas sabia que os monstros a escutavam. Porque de tempos em tempos um deles se movia, num trejeito de dança e entusiasmo, mexia as patas as garras os tentáculos ínfimos, quase imperceptíveis, mas que em seu fulgor de anunciação, eram bailados íntegros, vivazes e monstruosos.

Sim, dez anos depois era uma especialista.

Sim, vinte anos depois estava casada com o melhor, o mais absoluto e sólido dos monstros e dessa união magnífica e serena nasceriam monstros em número infinito embora não pudesse nomear a todos, talvez nem mesmo uma pequena parte. Pensava em seus coloridos e em suas dores de origem longínqua. Pensava na tonalidade com que gemiam. Pensava nos tipos de deformidades. Pensava nas alegrias diversas e sinistras que brotavam daqueles olhos dementados. Colecionava criaturas afoitas, ávidas e às vezes por distração, por divertimento quem sabe, ou por aquela sabedoria singela de mãe trocava suas cabeças de posição, trocava as peças de seus corpinhos infantes e todos riam alto, todos naquela corte exagerada riam estrondosamente. Eram felizes. Aquilo a florescência de lar e de irmandades. A vida terá sempre esse quê de ornamento.

Com olhos de incendiária ela compreendia ser necessário e sublime que copulassem muito. Era preciso reinventar seus enxofres, multiplicar suas sinas, reengendrar seus quinhões de servilismo e insânia. Eram as graças da maternidade que ela cumpria extasiada. E contava para si mesma e recontava histórias de uma beatitude extraordinária, os feitos de seus filhos especialíssimos, como contasse na festa de aniversário que em um nasceu o primeiro dentinho ou que outro pronunciou docemente a primeira palavra. Eles faziam absurdos e confundiam cores e dimensões, assustavam e maltratavam; vastíssimos e bárbaros, tinham um treinamento rigoroso. Todos acreditavam em destino. Não, jamais pensou em classificá-los. Eram puro luxo. Jamais quisera contaminar sua prole com a morrinha do científico. Deixava-os livres para que praticassem suas belezas com nitidez e desenvoltura. Sua coleção incluía, indiscriminadamente, monstros vivos e já sem vida que se aglomeravam sendo corpos e misturando suas sensações de existência finda e de sístoles. E suas naturezas puras em exotismo faziam com que se regozijassem por estar em cativeiro e rastejar por sobre fezes, por ouvir o som das correntes que lhes agrilhoavam patas, pescoços, membros indefiníveis. Seus sons selvagens garantiam que eram plenos e felizes e ela sentia-se uma rainha egípcia ou se não tanto, membro de uma aristocracia única e de poder incontroverso. E dedicava a todos, ainda que tantos e muitos, sua cota de amor indisfarçável. E eles triplicavam suas selvagerias como fossem vozes numa composição polifônica, como fossem orgia de cores numa tela de absoluto equilíbrio. Eram semideuses e tinham o poder da cura.

*Minha ménagerie*, definia. Quando os primeiros filhos entraram na adolescência já não precisou lidar com o enfado do coito. Na profusão de juventudes, seus monstros magníficos ovulavam e ejaculavam e as cópulas se estabeleciam naturalmente entre eles como num sóbrio contrato. Um contrato que incluía lei e regozijo, critério e soltura. Confiava, sabia que todos aqueles monstros tinham em si a perfeição do caos e não se preocupava com vulgaridades como o futuro. Eram a máxima elaboração, a celebração do amálgama correto entre o dom do simiesco o garbo do vulpino a delicadeza do ofídico o mel da crocodília a mercê dos murídeos. Com desenvoltura acreditavam em destino. Ela sabia que quando ali já não estivesse, sem embaraço perpetuariam sua condição de criaturas trágicas. Ela sabia que se ali já não estivesse eles seguiriam eloquentes.

As noites são indormidas e rochosas e essa história portanto não termina. Não terminará quando ela pular daquela janela na máxima altura nem quando se acorrentar aos trilhos. Não terminará se ela for dopada eletrochocada rendida comida por peixes estraçalhada por cachorros. Não terminaria se uma estaca uma arma branca de lâmina pontiaguda fosse enfiada fosse cravada fosse enterrada em seu peito. A vida terá sempre esse quê. Não terminaria.

É já impossível impedir que gargalhem as peças únicas de sua coleção. Visível que se divertem essas criaturas abrindo e fechando aquela caixa de onde saem vicissitudes que a mãe lhes deixou como presente. Não terminará.

# DA CAPO

*Le vent se lève!... Il faut tenter de vivre!*
P. Valéry

Oressa,
madrugada e esta dor que gritava eu abandono porque quero
mais ouvir do que saber dar nome às coisas, e quero mais estar
mais simplesmente. Da música dos horizontes dos invernos
dos livros conheço pouco as folhas e não terei a pretensão de
lhe mandar um bilhete fosse você a minha comoção eterna
não caberia num compasso num suspiro. Como é dilúvio
saber o que não cabe no esquecimento. Se eu abrir um novo
parágrafo um parêntese uma gaveta um precedente esta
garrafa de champanhe a gaivota serena no espaço desaparece
      a vaga cobre o penedo é um desastre que espalha
gritos e os cogumelos se desintegram e a lua rastejará.


Austro,
você me escreve do lugar mais distante e em língua vulgar em
palimpsestos me conta que vive em cavernas de cheiro obsceno
posto num gesto esse escrito tem um perfume eu respiro
eu conto cada uma das letras eu toco eu danço primavero

e sou a embriaguez dos sentidos eu sou nada saber. Você
não me escreve jamais eu rasgo as vestes eu grito sem ter
dito nem som eu espero na mesma janela que confirma
o frio sem azul. Na mesma janela em que essa gaivota
fixa que pairava sem mover as asas se desequilibra
        a mão em posição do acorde mas de
quem suprimiu-se o próximo compasso.

Sim, as aves cantam nesse momento porque será dia Oressa
de novo é um anúncio esta gravação antiga um disco riscado
uma rotação tão absurda fala do que se pode reviver e eu
presto atenção máxima porque cada farelo um contentamento
quando encontro quando posso outra vez encontrar. Aqui
na abadia na floresta nesta gruna eu passo fome e frio
por favor me restitua aquelas noites aqui no claustro na
caverna nesta furna o alvorecer se iguala ao sacramento
e o falto pulsa e eu quero enterrar meu corpo eu quero
escavar a terra e sepultar ali as sombras que insistem.

Não, mensagem nenhuma me traz essa estação Austro
sobra aqui uma abundância de falsias e de invenções que eu
construo que eu combino com habilidade de quem professa
as flores que se abririam. Veja a precariedade desta melodia
é precariedade de medalha ela se desintegra ao tato ela se
existe apenas uma única vez. Ela permanece pra sempre – é
isto o que me pede? Sem acompanhamento é uma sequência
uma linha feita de fugacidade e de chumbo. Feita de um papel
fino frágil precário quebradiço como a lembrança das ondas
como a existência das pétalas esta melodia está doente de si.

Do meu coração que se desmancha em contratempos
vem um pedido e eu miro o sol que sobre a areia pratica a
encomenda dos pulsos. Eu sobre aquela grande pedra na
praia observo as cores que ali não estão. O movimento é
obrigatoriedade no que nos escava e redescobre. O céu,
Oressa, é um só sentimento e ali entreguei as armas todas
depositei a pele sobressalente as escaras que o tempo cumpriu
esculpiu marcou como a ferro planificou. De você nenhuma
notícia a não ser nos éolos insúbitos. A não ser no olvido
que me trouxe esta fermata e tudo que foi posto ali num
rasgo maior e muito mais amplo do que o esquecimento.

O horizonte é imóvel as pedras são imobilidade sem
fim as areias o meu olhar neste momento é a eternidade
consagrada do real. Como poderia nomear o que me
põe em tal estado? Austro, não poderia chamar isto de
sofrimento porque as tílias insistem insistem em ser
digníssimas e nisso encontrei entusiasmo e vontade
de querer de novo. Sorrir é um diagnóstico como as
camélias suportam a desintegração da tarde e até mesmo a
constatação de que alguns botões sempre goram. Outros
explodem. As palavras que ficaram cravadas incrustadas
perenes desistiram. Eu sou a espera e tranquilamente.

Você permanecerá em silêncio eu em descompasso
você continuará sendo uma cadência delicada eu o
ritornelo insubmisso você se conservará cada um dos
grãos cada uma das notas cada uma das lágrimas cada
um dos sentidos eu o lapso a ave destituída você o que

insiste o modo maior o modo imenso eu a interrupção
o suspenso o malcontente o insaciado. Escrevo por
palavras cruas faço meu testamento porque a luz não
suporta metáforas os graus da escala são desinências
são sopros que atinam para o próximo deslocamento.
Eu me curvei ao espanto de ter e não ter no infinitivo.

Vespas fizeram ninho na caixa de correio ali não posso
colocar as mãos alcançar a infinitude de mensagens suas
em frases em significados belíssimos e intensos não posso
danificar destruir botar em risco as minhas mãos porque
com meus dedos e com aquilo que eles sabem tocar faço a
brancura existir e é no seu regozijo que me salvo. Do que
este silêncio nos protege? Nas asas nas horas do mais doído
estado de ausência de cessação é pelas mãos que encontrarei
o caminho do esperançado. Do que me fará me cumprir.

Como as contas do terço eu dou seu nome
para cada retalho que toco e repito: lestia,
cruviana, aura, cruviatá, gravana, guieira.

Dormi com seus nomes grudados no meu corpo
repetindo tocando cada sílaba: samiel alíseo
cansim galerno bóreas favônio zéfiro simum

    É quando as palavras não chegam que se compreende
    que não se precisa mais delas para saber o quanto
    eu quero lhe por aqui.

# PRINCÍPIOS DA EXPRESSÃO

Sr. Barlett: Ora essa, que maçada! Visitar-me-á às 10:00, exatamente. Foi-se uma manhã de trabalho. Algo inconveniente esse senhor que marcou a entrevista justo hoje. Como é mesmo seu nome? Charles. Como devo chamá-lo? Professor? Doutor? Uma manhã esplêndida desperdiçada com conversações digamos... prescindíveis. Por que não desenvolve, ele mesmo, seu método e prática de observação? E terei que convidá-lo para o almoço, naturalmente. Vai-se assim também boa parte da tarde! Não me recordo do sobrenome. Anotado está no bloco azul, contudo. Garwin, creio. Será Barwing? Bem, solicitarei a Edwina que mo recorde. Em nada me agrada esse tipo de intervenção – toda e qualquer interferência em minha relação com os animaizinhos me traz enorme desapontamento; que estopada! Perco muito do meu precioso tempo. Haverá alguém, além de mim, na face da Terra, que sinta maior amor por essas criaturinhas adoráveis? Desde a mais tenra juventude sou um aficionado, um venerador, um amante da arte de observá-las. Reino: *Animalia*. Filo: *Chordata*. Classe: *Mammalia*. Ordem: *Carnívora*. Família: *Hyaenidae*. O sonoro nomezinho delas vem do grego *hyaina*, através do latim *hyaena*.

Tem muito tipo demais!
Ô benditinho, para de reclamar e estuda pra essa prova! Quer ficar igual a eu mais teu pai?
Mas é bicho demais pra decorar! Pediu o conteúdo deisdo começo, aquela demônho de professora.

Olha a língua! Desaforado! E tira já já esse risinho da cara! Vai cantar o chinelo nessa casa é agorinha mesmo!

(Pro Valdo ela nunca fala de chinelo. E o pai num rela um dedo naquele lazarento. A pequena eles mima que dá até nojo. Roupa pra Sarinha é toda semana que a mãe faz, e o pai traz guloseira da rua, a guria parece uma reizinha aqui. Só eu que eles vinga toda a raiva no meu couro. Pra que saber essas chatice de filo classe ordem bosta? Garanto que nem aquela Dona Suzele xarope sabe esses troço).

"Um movimento similar de conexão entre o traseiro e o rabo pode ser observado na hiena. O sr. Barlett relatou-me que quando dois desses animais lutam, eles têm consciência do incrível poder das mandíbulas um do outro, e são extremamente cuidadosos. Bem sabem que se uma de suas patas for agarrada, o osso será instantaneamente despedaçado." DARWIN, C. *A expressão das emoções no homem e nos animais.*

Sr. Sutton: Olha, se existe sorte na vida eu tive hoje. Esse professor esquisito costuma vir aqui toda quinta-feira. Por uns tempos andou sumido, viajando, ele viaja muito pelo mundo. Mas então, ontem era quinta e ele apareceu e começou a me fazer uma infinidade de perguntas. Eu não sabia quase nada, mas não deixei que ele percebesse, inventei uma porção de fatos sobre os bichos, como reagiam, como era a alimentação, que tipo de som eles fazem de acordo com o estímulo. Para usar de sinceridade eu ando meio farto desse serviço. Ficar olhando os macacos e anotando os movimentos nessas folhas imensas. Ah, as mesmas coisas todo dia. E que importância isso tem? Se o rabo vira para a esquerda quando veem fruta, se o rabo abaixa quando estão com sono? Que cara fazem quando algum deles espirra? Ah, está bom. Melhor que trabalhar nas minas. Ou naquele emprego odioso na tipografia. E eu tiro é uns bons cochilos lá na casinha do observatório. Ainda mais que a madrugada de quarta para quinta eu passei na mesa de jogo. Estava era morto de sono. Aí o professor chega e eu, logo de início, cometo uma gafe: "Como vai, feliz em revê-lo professor Walter!" É Charles, ele corrigiu. Então o lance de sorte: no meio das perguntas ele pediu detalhes sobre como fica o rosto do *rhesus* se ele estiver com raiva. Olha, eu não tinha a menor ideia, mas eu afirmei com toda a pompa, feito um especialista: vai mudando para o vermelho aos poucos. E não há de ver que nessa hora ele assiste a uma cena bem assim? Por Santa Hilda de Whitby! Me safei mesmo de uma reprimenda. Já imaginou se o professor reporta aos meus superiores indícios de descaso profissional de minha parte?

"O sr. Sutton viu diversas vezes a face do *Macacus rhesus*, quando muito enfurecido, ficar vermelha. Enquanto ele me contava isso, um macaco atacou o *rhesus* e eu pude ver seu rosto enrubescer tão claramente como o de um homem sob violenta emoção. Alguns minutos depois da briga, o rosto desse macaco recuperou a sua cor natural." (DARWIN, *idem*)

(O Tico anda muito desrespeitoso com a mãe. Não considera que ela tem a coisa dos nervo. Ele responde atravessado, ela fica vermelha de ira. Eu não. Faço nos conforme e nunca levei coça. E custa estudar as lição que a professora manda? Eu quero ter melhor futuro. Queria ser da Marinha, mas isso a mãe não ia deixar. O pai talvez deixava. Faço rente as tarefa, levo os lápis já apontado pra não se enrolar, finco o olho nos livro e copio é tudo do quadro, nem que fique com o pulso doendo. E essa matéria dos mamífero é facinha, nem sei do que ele chia tanto. Depois fala que a mãe protege eu mais a Sarinha, que ele sofre porque é o do meio. É isso não. Ele é folgado. Não estuda e aí leva fubecada, só pode. Se mete em briga. Cospe. Eu que salvei a pele dele aquele dia na encrenca do gude. Mas nunca dedei ele pro pai. Nem vou. Não quero ver a mãe na gritaceira. O Tico ia levar uma tunda pavorenta. E mais a Sarinha chorando junto, deusmelivre, que mulher faz escarcéu por tudo! O pai concorda nisso. Ouvi ele falar bem isso na venda com o Seu Ozir).

O meu Osvaldo só tira pra cima de 9. E precisa de ver a letra! A professora, ele tá com a Dona Leide esse ano, ela foi dos teus? Então, ela disse que ele pode chegar até a trabalhar ne banco algum dia, pegar serviço famoso. Se ele zelar na dedicação. Cabeça, tem. Benzadeus.


Dr. Duchenne: Como suportar!? Esta manhã no desjejum Everild Philberta anunciou-me que espera mais um bebê! Infelizmente essas evidências me fazem constatar que escolhi errado a mulher para esposa. Esta tem uma fertilidade descontrolada, o que não me permite uma prática sexual efetiva e saudável, como conviria a um casal. Há sempre a sombra de um possível bebê. Sofro privações. São 11 filhos. E eu já disse a ela para se cuidar, tomar as precauções necessárias! Ela é, no frigir dos ovos, uma inconsequente, pois não avalia quão dispendioso torna-se a manutenção de tantos rebentos. Felizmente 3 deles não vingaram ou seriam, hoje, 14! Talvez se eu tivesse escolhido a irmã mais velha dela, Velma Edmonda, estivéssemos numa conta mais equilibrada. Bem, Deus sabe o que faz, enfim, e tenho uma compensação na vida: meu excelente trabalho cuja remuneração me permite manter tamanha família. Enquanto o Professor seguir solicitando meus serviços de minuciosa observação e detalhamento, tudo permanecerá suportável. Devo esmerar-me em dobro. Por sorte é interessantíssimo o tema do movimento das sobrancelhas. E que Deus proteja o Professor Charles.

(A vó sempre fala: Não vai mexer com o que tá quieto! Eu não tinha nada que cutucar a santinha. Ah, como é que ia saber que não era de madeira mas daquele negócio branco esfarelento! Trincou um braço e o outro quebrou mesmo. Pensei de colar com cola-tudo mas vai que a mãe chega bem na hora. Vai que um adulto vê que fui eu! Ai, tô tremendo do susto até agora. Vai que colo o braço torto e fica pior. Mas que desgracida de santinha, também, escorregativa que nossa! Vou largar o bracinho ali do lado e quem achar que decida. Vai que passam a capelinha adiante e nem reparam. Fica assim.)
Mas quem me explica já isso?! Ai, que desonra! Tico, demônio de piá, como é que foi destruir a imagem da Virgem? Deixa só o teu pai saber! Essa vai ser na base do relho, seu capeta! Que que eu fiz, Senhor, pra ter merecimento de um filho desses?

"Nunca fui capaz de perceber se as sobrancelhas de macacos espantados permaneciam erguidas, apesar de mexerem-se incessantemente para cima e para baixo. A atenção, que precede o espanto, é expressa pelo homem com um discreto levantar das sobrancelhas; e o Dr. Duchenne relatou-me que quando dava ao macaco anteriormente mencionado algum alimento novo, este elevava levemente as sobrancelhas, adquirindo assim uma aparência de grande atenção." (DARWIN, *idem*)

Ai Ozir, tô que num guento! É duas semana que a Delsa fica fora. Vai na mãe dela em Cornélio e depois ainda chega na madrinha em Nova Fátima.

Não é caso de desespero! Tu tem a tua mulher em casa, pra quebrar um galho.

Ih, Ozir, você não atina das coisa, homem. A Delsa é carinhosinha, mulher pra mais de metro. Quando quer uma coisa só levanta a sombrancelha assim ó, e tá passado o recado. Já aquilo que eu tenho em casa é parente de quero-quero. É barulho por qualquer coisa! Fez um forrobodó porque trincaram o braço da estatuinha da santa. E eu com isso?

Ói que descobrem que tu mantém outra e vai ser uma fiasqueira. Não lembra do Adauri?

Se descobriam eu pulava na mesma hora pra casa da Delsa. Só não largo a jararaca por causa da menina. A Sarinha é o que me segura. Já tirei na prestação a luvinha de renda pra ela. Da primeira comunhão. Esse domingo.

# CISMA

Durmo nua. E as mais deliciosas visitas me acontecem. É assim que emoldura-me a lua e mais, incandesce-me, torna-me irrefreável fêmea em seu próprio duplo. É assim e exatamente por isso que me frequentam príncipes reis excêntricos bandidos alvos e escuros, a sorte imensa de criaturas que trazem colorido às horas mais soturnas. Eu dei de conhecer treva nenhuma. Vêm centauros corsas cérberos grifos e delfinas e celebram a estada com jades e ouros. Eu rio.

Eu o tempo todo tenho sorrisos que se despregam do meu rosto e se emancipam pelo ar por nesgas pelas esferas do espaço e, talvez, por isso voltem à minha cama, cisnes, heróis, polvos enormes, frades desencarnados e até girassóis impermitidos voltam mesmo – todos com olhos sedentos que se saciam com os movimentos gentios que eu distribuo. Fotogramas em perpétuo, palha e fogo. E santos como que rezam e garças alçam longínquos e elefantes desnorteados pisam sobre impérios. E eu mais rio.

Também me visitam camponeses com mãos de colheita e sem vícios a não ser esperar a aurora e a chuva boa. E cirurgiões de papéis timbrados me visitam sem possibilidade de olhos e eu preencho seus buracos seus vazios suas funduras seus ocos, seus abandonos estratosféricos mesmo. E visitam-me criaturas indecifráveis que sequer retiram seus capuzes. Com todos o mesmo desmesurável. Toca-se fogo nas imagens do espelho, nos óleos das galerias, nas rendas inveteradas e agora será sempre tudo uma dança de coreografia ilegível. Um mapa onde sequer coordenada, onde sequer geografia. Eu vibro a cada minuto permitido em estertor novo que brota feito flor miúda e perfeita, nem tinta nem traço representa em suas verdades tais quenturas.

Sóis sobre as maçãs, eu prenha de acontecimentos e desenvolturas. Contornando distâncias e impossíveis as peles se encontram tocam-se se esfregam e um tipo de cintilância retorna e não se sabe mais história de silenciamentos. Contarei aqui algumas coisas mas não tudo. Esclarecerei aqui alguns provérbios mas não todos. Apago a ponta e o norte da rosa-dos-ventos. Entorto agulhas. Engulo ponteiros. Sorrio no passado e é sempre hoje o arrepio da pele, a carícia esperada, o corpo indomesticado que vem.

As flores são coniventes e se reinauguram com outras formas em deserção de precipícios. Sabe-se a tudo. Ondas avançam, exércitos recuam, desertos se desabitam naturalmente oceanos e sua escuridão são conhecíveis e meu corpo se verga encolhe-se redescobre e tine.

Imensos se completam crendo secretamente confirmam a nobreza do gozo. De invenção e de espantos me tomo por antiguidade e faço-me coluna seixo ventania que muda o curso das cachoeiras. Não há mais a hora nem única nem velha nem indócil nem derradeira. Não se permite mais verificar-se a prioridade das conchas a sagacidade das estrelas.

Estarei para sempre à porta apenas.

Assim me abro parágrafos: durmo nua.

Ainda balança a cortina quando abro os olhos e é dia.

# RESSONÂNCIA ÓRFICA

Vamos nessa viagem ao pantanal ao matagal ao bananal ao quintal, por favor, diz que concorda comigo. A gente paga em 12 (doze) vezes sem furos e nem sente. Dessa vez a gente leva pouca bagagem. A gente faz fotos belíssimas e em todas os olhos sempre abertos e nunca vermelhos. Prometo que será lindo. Podemos fazer amor no pântano, imagina que maravilha, entre jacarés a nos assistir, curicacas, piranhas abençoando nosso conluio, corumbás-de-asa-chaleira, leões, como assim É savana? Como não tem? Tem sim, basta estarmos dispostos desinibidos vitaminados determinados que tem SIM.

Pensa: *sexo artesanal ortogonal emocional irracional fraternal tridimensional descomunal meridional fenomenal confessional devocional carnal excepcional passional marginal cardinal multifuncional proporcional infraconstitucional venal transcontinental tradicional patronal setentrional informacional original unidirecional adicional seminal multinacional sensacional profissional atitudinal organizacional diagonal regional ficcional*

Garanto que será inesquecível e completo, será insubmisso e regenerador. Pensa, por que não? Vamos nadar no mar morto, ártico, vermelho, balsâmico, no oceano abísmico, vamos galopar na via ápia láctea sépia arterial pública. Seremos inclusive públicos e únicos, faz um esforcinho, amor da minha vida, quebra o vidro, rompe o lacre, pisa na grama, flana, frequenta, aumenta o volume, sacode a poeira, se tiver vontade boceja. Não diz simplesmente "deixa disso!". Vamos viver com a intensidade dos grandes, pensar grande, meu benzinho.

Imagina: *podemos ir às compras, receber descontos, concorrer ao carro, dar depoimento de satisfação, sair no jornalzinho do bairro com foto e tudo, ganhar amostra grátis, ficar por dentro dos lançamentos, passar cartão, receber troco, doar moedinhas, jogar uma moeda na fonte, contribuir com grandes causas, derrubar suco na roupa, receber panfletos, anúncios, filipetas, convites para uma peça de teatro infantil, cupom pra almoço por quilo, vale-ducha, tomar um sunday duplo, jogar minigolfe, pegar um cineminha, provar uma bermuda jeans.*

Basta um gesto seu que eu largo tudo, nem hesito, desisto completamente de sucesso fama louros pódio, largo emprego e nem questiono nem bufo, rompo com a família nem que não tenha, saio da fila que nunca chega mesmo a minha vez, abandono o cargo de confiança, largo vícios quaisquer que sejam, cigarro boêmia chiclete roer unhas, adoto novos hábitos, nunca mais implico, nunca mais assobio, não uso diminutivos, nunca mais ronco, nunca mais praguejo nem bestemo, não deixo queimar a comida, não deixo comida no prato, tomo a vacina, nunca mais palito o dente, compro roupa nova, faço regime e emagreço, faço dieta e engordo finalmente, vou pra academia, mudo de estilo, mudo o penteado, corto, deixo crescer, compro um carro, vendo o carro, compro uma bike e, sim, uso capacete sempre, vendo os meus discos e livros que afinal pra que que a gente guarda tanta coisa, torno-me minimalista, compro dez números da rifa, doo órgãos, troco a mobília, monto um aquário com galeão afundado, jogo fora as estátuas, rasgo cartas antigas, ando só a pé, nunca mais furo fila, nunca mais falo com a boca cheia, passo a gostar de berinjela, faço exame de sangue um hemograma completo, aprendo a fazer baliza tricô biscoitos planilha, volto pras aulas de inglês, mando cartões de natal, passo a limpo a caderneta de telefones, encero o chão da sala da área da varandinha, conserto o cano, arrumo a gaveta, queimo as fotos antigas, me desfaço da coleção de chaveiros, de autógrafos, de revistas, de selos, de posters, de esperanças, de dores, de arritmias – basta uma palavra sua.

Considera: *o grau de satisfação conseguida, as estatísticas, os gráficos comprobatórios, a eficácia, a metodologia executiva, as minúcias, os lucros, as bolsas e financiamentos, os desafios, as regras claras do edital, a logística mais que propícia, os sistemas de informação, a produtividade dos sentimentos, as cláusulas vigentes e as destituídas, os fatores humanos envolvidos, a liderança, a inovação, o incremento no currículo, as voltas que dá o sol.*

Amor não diz que a vida é complicação! Talvez na próxima quinta VOCÊ venha EU volte, o preço da passagem baixe, EU diga VOCÊ cale EU silencie perante a banda VOCÊ fale pelos cotovelos EU abaixe a cabeça talvez na quarta VOCÊ erga a cabeça talvez na terça EU saia antes e VOCÊ consiga ficar mais um pouco talvez os relógios todos atrasem os sinos não soem as andorinhas não cheguem as mariposas caiam no esquecimento a juventude passe talvez a velhice toda seja abortada e EU dance na frente da polícia e VOCÊ durma no topo da montanha em neve e EU cisme que o alaranjado é o mais bonito e VOCÊ confie na revolução dos astros talvez na terça talvez no sábado pela manhã talvez na casa da praia no meio da floresta na rua em dia de grandes promessas na esquina onde marcamos seria, poderia ser inevitável a perda.

Evita: *dizer que maçada, seu soubesse tinha ficado em casa, nada como o travesseiro da gente, tá salgado demais, tô com uma dor na perna esquerda, minha úlcera hoje tá me matando, minha vida hoje tá me matando a saudade é corrosiva as prestações vão vencer e eu não acredito no sistema que porre que tédio, evite a todo preço dizer que nada é tão ruim que não possa piorar e, por favor, por obséquio, por gentileza, por fineza, não venha com leis de murphy leis delegadas leis imperiais leis de seno e cosseno leis de trânsito leis de newton leis do universo em movimento.*

A lista que me pediste dos motivos porque te quero (separados por vírgulas): quero porque te quero, quero porque te quis sempre, quero porque quis querer-te, quero porque esperei para poder querer tanto, quero porque tanto esperei para ter o que era ter-te, quero porque ter-te era tanto e era o tanto que eu quero, quero porque querer-te era o querido desde sempre, quero porque o desde sempre fez-se ter-te, quero porque os motivos se fizeram quando esperar era já ter-te, quero porque quis-te.

São dez
São dez direções que me levam a uma única
A minha pessoa mais íntegra no em mim que só existe com você.
O último recurso seria amar-te menos. Mas já tentei tratamento terapia benzedeira greve de fome greve de cama greve de mim e não consigo.

# PRONTIDÃO

*O mundo me condena, e ninguém tem pena...*
"Filosofia", Andre Filho e Noel Rosa

(Minha doce e singela Bernardina meu adorável e insigne Josué minha gentil e querida Dora Elisa meu magnífico e invulgar Luiz Renan minha bela e vaporosa Dilcemara meu venerável e estupendo Rui minha sábia e notável Helenice meu excelso e formidável Moacyr: Você pisará na pedra solta e respingará lama na barra da calça Você derrubará a fatia de bolo na blusa cara e novinha Você tropeçará na ponta do tapete falso persa Você assinará na linha errada O cachorro da Dona Nela tão bonzinho foi invocar bem com Você *Nossa, ele nunca tinha mordido!* A panela de pressão explodiu quando Você estava cuidando, a bolsa de valores entrou em alta, uma estrela morreu, nada falaremos sobre o abcesso, a manada desceu a ladeira, a banda não passou e esses são fatos são constatações irreversíveis são ocorrências imutáveis. Marque a alternativa incorreta: A filosofia hoje me auxilia e entendo que a vida é uma m... 1) etáfora 2) ontanha russa 3) elodia 4) entira). Posso me servir novamente? Essa entradinha gourmet está inefável!

E ainda disse que é hi-po-crisia da minha parte, dá pra aguentar? Que eu sou só pose, algo "típico da aristocracia"! Ele classifica tudo. E olha a pérola: "dinheiro NÃO compra alegria". Quem é ele pra falar? O cara anda a pé! Não, não tem carro e não vai ter é nunca com aquele salarinho medíocre de professor! Pente, perdeu faz tempo. Banho, não garanto que é todo dia. Professor de adolescentinho, pensa. Jantar, cinema, balada, tudo de ônibus. Táxi é "ostentação materialista"! No começo até que achei divertido, mas não dá. E nem pra comprar uma camisa decente pra ir no almoço na casa do meu irmão! Gasta tudo em livro desses intelectual idiotinha que ele adora. Tem pilhas, montanhas, no apartamento, não sei nem pra quê. Apartamento não, quartinho fuleiro, num flat de quinta.

Sem essa de o mundo te condena Você não tem mais idade pra lamúrias Você não tem tempo a perder O que vem de baixo não te atinge Não se pode agradar gregos e troianos Pau que nasce torto morre torto É de pequenino que se torce o pepino Em time que está ganhando não se mexe Passa uma borracha no passado Levanta sacode a poeira Não vai bater de frente Tudo vale a pena se a lama é pequena Na vida só se arrependa do que você não fez. Ora, a minha bisavó já dizia que mais vale um pássaro na mão. Ora, se ninguém tem pena de ti sai e dá uma arejada uma espairecida desencana Você tá é precisando ver gente Compra uma oferta boa lá no shopping Um dia é da caça e outro adeus pertence Sempre vai ter alguém pra falar mal do teu nome Esquece Bota um sorriso nesta cara Ouça a voz das ruas Já dizia aquele príncipe: O sem sal é invisível aos olhos.

E o meu irmão é Pro-cu-ra-dor da Justiça! E já fez muito de ter convidado a gente! E o cara desperdiça a chance de se socializar, sei lá, de conseguir uns contatos, comer umas coisas diferentes. Nem fricassê ele conhecia! Tá é dando um chute na sorte. Ah, depois não vem com mimimi que é CLARO que a sociedade vira tua inimiga! Joguei isso na cara dele. Ah, esqueci de contar dos colegas – tudo professor – do grupo de chorinho, samba, sei lá eu o que que tocam! Os Acadêmicos do Dasein. O Agostinho, uma barba nojenta, se acha o maior pegador. O Tomás é um virjão de cabelo escorrido de tanto sebo. E um tal de Heráclito! Um comunistinha que se paga de rei da ironia. Tem até um alemãozão, o Martin, de bigodinho e tudo. Olha, te juro, tô fora. Que morra de fome, não tô nem aí. Se quiser morrer de sede pode também.

Sua bota de oncinha é silogismo Seu sorriso sempre a salvo é autopoiesis Suas fases da lua são teleológicas Seu amanhecer é livre vontade Sua baba é metaética Seu batom é solipsismo Seu cachecol é deontológico Seu sangue é indeterminismo Seu verniz é nominalismo Seu adeus é maniqueísmo E eu também. E eu não. E eu com isso.

(Se os loucos não têm nenhum tipo de medo, sou um péssimo louco porque confesso que tive medo o tempo todo quando o carro avançava quando os cavalos avançavam quando os passos avançavam quando a luz avançou. Tive muito medo quando desligaram as vozes quando dançaram sobre as palavras quando riram alto até de madrugada quando cessou o riso e a multidão se esvaiu).

Fiz a Novena de Nossa Senhora de Guadalupe. Graça recebida: a Heloísa Helena se separou daquele imprestável! É, o professorzinho. Experimenta essa, é de castanha. Desses que ganha para iludir a juventude com aquelas coisas de filosofia. A escola hoje devia era passar valores! Antigamente não tinha dessas bobagens. Os meus estudaram sempre em bons colégios. Não sei o que é que a Heloísa Helena viu nesse sujeitinho. Eu disse a ela: filha, esse tipo de relacionamento não-dá-cer-to! É, da malandragem! Diz que cantava num conjunto. Sucesso nada, samba vagabundo! Onde já se viu? Cantar é na igreja! E precisa ver a vestimenta do indivíduo no nosso almoço em família! É, na casa do Luis Osório! Vexame. Um cabelo sem formato, puro desleixo. Nem modos à mesa. Repetiu a entrada, acredita? Nem lhe conto, Izilda! Acho muuito difícil relacionamento assim, quase impossível, com essas diferenças de educação. De berço. Experimenta essa, é de nozes.


Você nunca saiu bem nas fotos, lembra daquelas de aniversário? sempre aparecia chorando ou lá lá no fundo ou no colo de uma tia tão incrivelmente chata que até rasgaram a foto bem naquele pedacinho e lá se foi a sua imagem antiga, pra sempre no lixo junto com a tia, e depois naquelas de festinhas na adolescência, cada pose ridícula, a boca torta o cabelo em cima do olho ou olho fechado e a mesma coisa nas fotos de eventos em família, de posse da nova bibliotecária da escola, de casamento da prima grávida, de Páscoa, na casa da madrinha Olívia, de pré-carnaval, de Missa do Galo sempre aquela cara irreversível de: você mesmo.


A aposta de Pascal: Os peixes não vieram os cães não compareceram as pombas se esqueceram os ratos não cumpriram o esperado. A navalha de Ockham: os lençóis romperam vazaram as margaridas nunca existiram os condados foram invadidos pelas tropas os mapas foram mutilados. A escolha de Hobson: os dias se cansaram as estantes se cansaram as réguas se cansaram os peixes não vieram.

   Desculpe, sou o que permaneceu. Aquele que acordou cedíssimo, que aguou a muda que murchava, que espanou o sofá onde não se podia jamais sentar, que tomou a sopa num prato emprestado, que limpou a boca num trapo encardido, digo, no linho melhor e absoluto,

   que amparou líquidos com as mãos,
   que mastigou o pão lento porque era o último pedaço e
   era minúsculo e
   devia durar para sempre.

   Vivo indiferente.
   Permaneci.

# SOL PERTENCENTE

*A linguagem é uma pele: esfrego minha linguagem no outro.*
*É como se eu tivesse palavras ao invés de dedos,*
*ou dedos na ponta das palavras*
R. Barthes, "A conversa"

23:15
Nesse momento sou sua presa mas tenho liberdade para fumar na janela e voltar àquela cama-inferno-paraíso quando queira. Quando você queira. Sou apenas um rato talvez mas essa frase mente e eu poderia ter dito Sou mesmo o voo de um flamingo dada a perfeição que me rende esse papel com algo de libertário, com tanto de sórdido e místico, com muito de absoluto. É uma pessoa perturbada dirão de você é paranoide e tudo é maladia mas o que sei é que exige os esforços mais impensáveis do meu corpo. E é tudo transbordamento. E tudo circula e tende. Depois de saciada, depois de novamente tornada única, ausenta-se e é então que posso ver a outra vida pelo vidro.

00:56
Santificada por si mesma, disse apenas que estava exausta e aborreceu-se com minha mão que pretendeu subir por suas coxas. Virou-se e num idioma borrado emplastado e talvez com algo de cínico desamarrou uma semifrase parecida com Você me entedia ou Você é previsível ou Você é tudo pra mim. Não compreendi e não ousaria intuir o que ela disse. Sou apenas um arenito um

dente grande e torto bem na frente um lagarto submersível que guarda afagos para a próxima existência quando capim na planície quando melhores as ofertas do encarte. Era tarde e sabe-se que as palavras envelhecem em certos descuidos do relógio.


05:08
Me acaricia docemente e com uma voz jamais ouvida declara-se com verbos fresquíssimos que ela talvez tenha inventado agora mesmo. É delicada e enorme. Segura cristais segura fetos e corruíras com suavidade e conhece mesmo o meu corpo e tira proveito de suas mãos de impudicícia e para mim o êxtase é saber que delira. Reconhece as ligações entre tudo e até solfeja um trecho de curiosa beleza. É um trecho entre erudito e rasteiro mas ela inventou uma parte. Fala em cura e nos projetos que tem para a próxima estação. Acredita muito nas chuvas. Oferece um chá que não imagino como ela possa saber do seu preparo. Aninha-se. Coloca a mão no meu sexo. Dorme talvez. É quando lhe ofereço a outra face.


05:44
Sempre dormira com o intuito ou tática mesmo de conjugar esforços. E com uma fúria inconcebível me sacode e me acusa de atrocidades. Quer tocar fogo no celeiro. Quer espalhar as pérolas pelo tapete. Quer saltar do trem em movimento. Diz, sobretudo, que a impedi de ser quem ela era. Que a impedi horrivelmente de dormir com outros homens e até com criaturas invisíveis. Diz, sobretudo, que terá asas e que eu jamais me imporei contra isso. Diz que logo não precisará mais de mim e que aquela cama é abjeta pelo que guarda de adagas e de adjetivos concludentes.

Eu estarreço porque da minha língua secaram evadiram-se locutividade e cerejas. Se fosse a primeira vez que isso acontece eu teria medo.

07:19
Como é linda a manhã com esses cheiros e sons magníficos (suponho). Ela relata o que verá lá fora. Tem a alegria maior do mundo. Sabe de cor sonata para cello, sabe esquiar no gelo, sabe encantar ursos e cobras e até os girassóis todos do universo a seguem sendo necessário. Comanda estrelas. É imensamente feliz, pelo menos é o que se depreende dessa dança toda que ela dança nesse momento. Sai dizendo apenas Chego tarde.

22:17
São imensas as horas. É o que pensa aquela semente plantada num vaso seco. O que pensa, largado na estrada mentirosa. A caneta a adaga a medalha o cachimbo do bisavô no estojo. As horas se dilaceram e os estilhaços nos surpreendem. É nesse descuido que a erva inesperada brota sorridente sabendo-se ser ela mesma. É nesse desacerto que sorrio igualmente olhando com atenção cada cascalho.

00:12
O canto dos pássaros noturnos são indistinguíveis. Misturam-se todos os sons que cumprem consolo e despovoamento. É a mesma coisa, quero dizer que tanto faz que seja um morcego um sapo uma harpia um caracol um gato que entoa essa litania porque as noites todas serão apenas isso, essa indistinção, esse lapso.

03:25
Movo-me para reconhecer que no presente nunca há lembranças. Naquele álbum de fotos não haveria momentos nem registros. Essa história é feita de ser sem imagens.


12:09
Não há sentido em tentar um gole d'água. Conheço a sobriedade das árvores diminutas. Meu corpo pede o reforço dos beijos e das palavras com que pactuamos. Espero para condescender. Espero para recuperar meus pedaços dissipados. Espero para retomar o sentido com que se lançam flechas o sentido com que se encontram bocas o sentido com que se inventam frases de puro mutismo. (seus dedos o atributo do que não tem início nem fim).


00:13
Não chega.

# O DEÃO NÃO RASTEJA

*Quando aparece no mundo um verdadeiro génio é fácil de se reconhecer: os idiotas se juntam e conspiram contra ele.* [1]

1.
Pelas Santas Escrituras, essas ruas — e é a melhor cidade da ilha! Tão atrasada para 1667! E agora, com a lei proibindo a exportação de carne bovina para a Coroa, esses parvos andam criando carneiros por todo canto. Morrem de pneumonia e da peste. Como vim parar neste lugar sórdido? Ao menos esse enorme rio é bonito. E a Igreja está cada vez mais forte aqui! Sim, nós, da Inglaterra, França e Holanda, temos ensinado bons hábitos a esses bárbaros! Mas que o Governo proíba esses católicos de abrirem escolas e se tornarem professores! Sacrilégio essa gentalha ensinando nossos filhos!
Por que fui concordar com o Jonathan? Podíamos ter ficado em nossa cidade. O Reverendo Thomas, se não nos legou bens materiais, deixou-nos uma reputação impecável. Lastimo não tê-lo conhecido, já que faleceu em 58; nem a minha sogra, por nome Elizabeth Dryden. Só os conheço daquele grande retrato na casa do Godwin. Como o mais velho dos filhos, Godwin acabou ficando com o que era valioso na família. Ah, não fossem as complicações políticas, o Reverendo não teria perdido tudo. Se tivéssemos ficado lá em nossa cidade... Mas o Godwin, bem estabelecido aqui, nos impressionou. Por que fui acreditar num cunhado? Mandava cartas contando que a cidade era próspera...

---
[1] Todas as citações, em fonte Edwardian Script ITC (sim, horrível), são de autoria do protagonista.

O Jonathan nem hesitou e com ele vieram o Dryden, o William e o Adam. Dos dez filhos homens do finado sogro, cinco estão aqui nesta ilha. E eu no meio desta história absurda.

Ao menos o Jonathan, tão logo chegamos, conseguiu a colocação como jurisconsulto na Escola de Direito. E em janeiro do ano passado foi indicado ao cargo de procurador. Estávamos tão bem... *Jane, segura a mão da mamãe que atravessaremos a ponte.* Por lá não se passa por causa da neve acumulada. *Por aqui. Não posso, filhinha, carregar-te! Trago um bebê no ventre. Sim, dentro.*

Meu Jonathan era um encanto. Belas lembranças do nosso casamento em Leicester. Homem de mãos limpas, como diz o Pastor. Ora, eu jamais teria me oposto à ideia de vir – a esposa deve obediência ao marido. Sim, eu teria feito tudo de novo. E aqui estaria eu, viúva, com essa menina que nem aprendeu a falar direito ainda, e outra criança para nascer por esses dias. Que história a minha!

Perdoa-me, Senhor, se julguei injusta a Tua vontade! Deus leva os bons para si – o Pastor sempre diz. Agora é mostrar à Tonya onde fica a casa da parteira para que ela localize rápido a tal mulher quando for chegada a minha hora de parir. Pelo menos decidiu ficar comigo, apesar da penúria, e é protestante...

Oh, o que os vândalos fizeram na frente da Igreja! Gangues infestam a cidade, contou-me a vizinha Nora Hogan. Que bom que a Tonya resolveu continuar comigo. Deus foi misericordioso. Eu estava aflita; pensei que fosse voltar para a cidade dela. Não deve ter o dinheiro para o barco. Terá mandado para a família? Economizou? Ela me será útil até o fim do resguardo.

Uma criança que nasce sem pai. Que será dela? Espero que não seja homem! Se for menina, educo para a vida religiosa. Com uns onze anos, pode ser dama de companhia de alguma senhora de posses. Menino requer estudos. Deus me revelará o caminho correto para a menininha. Dadas as circunstâncias, não conseguirei educar duas meninas para o matrimônio. Basta a Jane. Quero tirá-la logo desse lugar nefasto. Ah, estas meninas são o que me restou dos poucos anos que vivi com Jonathan. Coitado, morreu em abril sem nem saber que seria pai novamente.

    O dinheiro está acabando. Já vendi quase tudo de valor que havia em casa. E não tenho mais coragem de ir pedir aos cunhados. Só me resta uma alternativa: assim que o bebê estiver firmezinho, voltamos para o nosso lugar. Lá tenho família que me acolhe – gente do meu sangue. Já trocamos cartas onde avento essa ideia. Como vim parar aqui? Essas poças! Lixo espalhado! Crianças brincando no meio da lama!

    Preciso me alimentar decentemente. Mas está difícil conseguir alimentos bons a um bom preço. Graças a Deus a moça resolveu ficar só pela casa e comida! Tonya Wilson chama-se – será útil. Depois não penso em levá-la comigo. Ah, se eu tivesse sobra de dinheiro, carregaria uma dessas mocinhas daqui para me ajudar com as meninas. Alguém necessitada, que me acompanhasse pela oportunidade de uma vida mais digna. Ora, ninguém desta escória se adaptaria a um lugar civilizado!


2.

    Profissão abençoada! Quase todo dia nasce alguém e a mulherada me procura. Sem falsa modéstia, sou a que tem mais fama. Também, há quantos anos chamam Isleen Kelly para fazer partos? E sou dedicada. Se me acordam no meio da noite não reclamo.

    Na vida só me faltou a experiência de ser mãe. E o Ronan morreu faz tantos anos! Pra ser sincera, mal lembro do rosto daquele homem. Caiu do alto da Igreja quando consertava o telhado. Chovia. Quando é que não chove aqui? E Ronan Kelly não foi assim tão bom esposo; caiu porque estava bêbado. Deus tenha pena daquela alma!

Não consegui casar de novo e agora sou uma velha que já não pode ter filhos. Sempre as dores, a cada mês, durante anos. Felizmente estou curada! Desde o ano passado sem as regras. Pudera! Aos 39 o que pode esperar da vida uma mulher? Não reclama, Isleen! Tem a profissão boa!

Quando sobrar umas moedas vou mandar gravar a plaquinha devocional e cumprirei voto na Catedral de São Vicêncio. Em agradecimento à Virgem do Bom Parto, que sempre me ajuda nos casos difíceis. Já vi cada coisa! Ui, os bebês grudados.

Conferir o material da maletinha – meu Deus, amanhã já é dezembro! – e correr pro endereço. Como é mesmo que disse a menina que veio me chamar? Ah, sim, no começo da ruazinha Hoey. Acabo achando; parturiente faz muito barulho!

Não conheço muito bem a mulher. Abigail Erick (Herrick? Nem sei). Inglesa. Nem cumprimenta. O marido morreu faz uns meses. Pelo jeito não deixou pecúlio porque a viúva anda abatida. E tem uma menina que mal começou a andar. Dois órfãos – triste! Outro dia vi essa Abigail perto da Travessa de São Miguel. Bonita a menina dela. Como teria sido o meu filho?

Que não me peçam nome pra criança! Ando cansada disso. Bem, se for menina, Cliona; menino, é justo que repitam o nome do pai! Ai, protestante não pede sugestão pra católico. Hoje é dia de Santo André – que belo nome seria.

ooooooooooooooooooo

Calma, respira fundo. Você já sabe como é. Respira. Já está bem adiantado. Senhoras, repitam a oração. *Ó Maria Santíssima, vós, por um privilégio especial de Deus* Respira. *fostes isenta da mancha do pecado original* Isso. Calma. *e devido a este privilégio* Me passa o pedaço de pano. *não sofrestes os incômodos da maternidade* Que lerdeza, menina! *nem ao tempo da gravidez e nem no parto* Quando eu pedir algo, me dá rápido! *mas compreendeis perfeitamente* Não está vendo o quanto sofre a mãe? Amanhã ou depois é você que vai estar no lugar dela! *as angústias e aflições das pobres mães que esperam um filho* Se esperta! Muito lerda! *especialmente nas incertezas do sucesso ou insucesso do parto* Como é mesmo o seu nome, menina? *Olhai para essa mãe, vossa serva* Tonya? Fala mais alto! É mesmo, já perguntei quando foi me chamar lá em casa! Se vai ser a ama da criança, tem que ser mais ligeira! *que na aproximação do parto, sofre angústias e incertezas* Pelo tamanho é menino! *Dai-lhe a graça de ter um parto feliz.* Continuem a reza! Têm nada que ficar olhando! *Fazei que o bebê nasça com saúde, forte e perfeito.* Tonya, segura firme os braços da Dona Abigail, isso, força agora! *Promessa faz aqui de que esta criança será orientada sempre pelo caminho certo,* Fooorça! *o caminho que vosso Filho, Jesus, traçou para todos os homens...*

Menino! Deus seja Louvado! *Amém.* Perfeitinho. Enrola ele, Tonya. Limpa primeiro. E deixa que chore bastante que é bom pra fortificar o peito. Leva o bebê pro quarto escuro pra ele não ter choque com o lume das velas. Agora deixem a mãe descansar. Dá água para ela, Máire.

Sabia! A mãe vai dar pro menino o mesmo nome do pai dele. Valha-me São Colombo! Mais um protestantinho que ajudo a colocar no mundo!

3.
   Deus se apiede de minh'alma suplicante! Além das dores do parto, ter que suportar essas católicas que apareceram aqui para rezar! O Pastor não chegou a tempo de acabar com essa afronta! E não pude dar um pio, já que a parteira é católica! E se a mulher embrabece e vai-se embora?

   Não apareceu parente para me amparar. Nem a Nelly. Senhor, tomo como prova de Vossa bondade que eu tenha sobrevivido dignamente! Redobra-me as forças para que eu continue resistindo às situações aflitivas. Ah, se eu estivesse na minha cidade! Humilhante. E ficavam cochichando naquela língua bárbara delas!

   Menino, no fim. Agora é agradecer a Deus. O Pastor estava muito longe, pelo que soube, e nessas estradas tão ruins, demora mesmo. Que Deus lhe conceda boa viagem. Prometo conduzir meu filho ao sacerdócio. Será presbítero. Sendo a vontade de Deus, naturalmente.

   Em um ano voltarei à minha amada terra – isto me conforta. Minha menininha, minha Jenny, será educada lá. Deixarei o menino com a família do pai. Tudo se ajeitará. *Tonya, água.* Onde se meteu? Devia estar aqui assim que eu chamasse. Que situação! Eu, uma Erick, da linhagem do comandante Erick, que organizou um exército contra a invasão de William, o Conquistador! Senhor, livra-me deste desamparo! Estou fraca. E a família do Jonathan, como reagirá à chegada do bebê? Pelas Chagas de Nosso Senhor, os cunhados são sempre indiferentes.


4.
   Desalmada! Pobre menino. Não era assim esquisita quando o marido ainda tava vivo. E os parentes daqui nem vêm perguntar

dela. São brigados. É porque ela não era rica quando casou. Escutei falarem isso na feira – pelas costas dela.

A situação está feia. Tento comer pouco, pra sobrar pra ele. Mas ela atocha a Jane de comida. Não divide certinho. O menino tá pele e osso. Quando ela for embora disse que não vai me levar. Não tem o dinheiro do barco. E eu ia querer morar com a família dela? Nem nunca. Lá no pai tem fartura. Vim pra cá só porque queria ver como é a vida em outra cidade, mas quando for hora de voltar pago a passagem com o meu dinheiro. Guardei! Quando o patrão era vivo me pagava bem. Vou com elas e lá eu peço pra ficar com o menino. Meu pai vai se encher de alegria quando vir como ele é bonitinho. Será que ela aceita?

Só gosta da menina. E que menina mais doentia; olhar desacorçoado. Não vou deixar meu menininho ficar assim. Quero que aprenda a brincar. Vou ensinar pra ele todas as canções que eu sei. De que adianta ser de família importante, como a Dona Abigail, se não tem alegria? Lá em casa a gente canta, o pai toca violino. Por amor a Cristo ela podia diminuir a soberba. Se o Pastor soubesse! Não liga pro próprio filho dela! Eu ligo e vou criar ele como fosse meu.

oooooooooooooooooooooo

Não aguento mais a Dona Abigail! *Toooooonya!* Mas abaixo a cabeça e atendo, como a mãe ensinou. Ai, quem ela pensa que é, Rainha? Uma prevalecida, isso sim. E maltrata o menininho! Eu sei que ela queria que fosse menina. Ia casar com homem rico. Ia nada, a coisa mais difícil é pobre casar com rico. Tadinho do meu garoto, nem reconhece ela como mãe. Também, nem o peito ela deu; disse que o leite empedrou.

Tô enjoada de ver ela protegendo a menina. E nem vai dar bonita essa tal de Jane. Olho esbugalhado. Queixo pra frente. E gagueja. Coitada, meia bobinha – também, com essa mãe que só reclama da vida!

Hoje eu conto pra Dona Abigail que no fim do mês vou voltar pra minha casa. Pago as passagens. Minha e do menino. Conversei com o homem do barco e ele falou os preços. Pareceu honesto – católico, mas me tratou bem. Depois a Dona Abigail vai, a gente se encontra lá e eu devolvo o menino pra ela. Devolvo se ela quiser. Fico pra mim, se não. Ah, pra que que ela ia querer ele? Levo comigo e quando ela me procurar nós decidimos. Senhor, deixa eu ficar com ele. Queria tanto ele pra mim!

*Quando menino, senti um enorme peixe puxando a minha linha e o trouxe, firme, até o chão. Mas ele conseguiu escapar e este tipo de decepção me atormenta até hoje.*

1.
— Como não se sabe? Os cara sabe até da época das pirâmide, meu!

— Porra, dá chance da gente explicar!

— Um tempão escutando a chatice do parto. Tá, vai, explica...

— As coisa são meia confusa. Ninguém sabe se a empregada roubou ele ou se a mãe deixou ele ir com a tal da Tonya. Nunca estudou História? Eu lembro que a Dona Orly, rainha de causas e consequências, contava um monte de baboseira e a gente tinha que engolir.

— Não desvia! Tô seco pra saber. E a mãe?

— Depois de um mês que a empregada foi e levou o moleque, a Dona Abigail, também voltou pra terra dela com a filha. Tentou deixar o guri com os tio mas eles não quiseram. Aí a empregada levou ele.
— Não baixou polícia? Nenhum vizinho denunciou a tal babá?
— Cara, 1667!

2.

Olha fixamente para o enorme quadro que lhe coubera por ser ele o irmão mais velho de dez. De quatorze, se contarmos as mulheres. Herdara os bens da família; sim, era o guardião da memória. Todos o encaravam das telas. Seu bisavô Thomas; homem ousado, alterou o brasão da família acrescentando o golfinho curvo sobre uma ancora. E o moto *Festina lente*. Apressa-te devagar. Paradoxal. Contundente.

Altas horas da noite e ali está ele, no ano de 1674, admirando retratos. Seria ele tão ousado quanto aquela figura à sua frente? Pelo menos, como seu pai, deixará uma prole numerosa mas, diferente de seu pai que, prejudicado por questões políticas morreu na miséria, ele legará uma bela herança a cada filho em terras e outros bens.

E são misteriosos os desígnios de Deus! Não me bastassem os próprios filhos para educar, há quase dois anos surgiu mais este sobrinho. Filho do Jonathan. Mandado pela mãe, que estava em grave situação financeira. Chegou-me o menino e uma carta pedindo que eu o acolhesse. Agora já está com quase sete anos.

Aos 47 anos, cumpro os desígnios celestiais. Cuido do petiz como se fosse um dos meus. Cursa, desde o ano passado, a escola primária em Kilkenny — a melhor da ilha. Não é dos mais brilhantes. Espero que, com o tempo, valorize os benefícios que vem recebendo. Deve, no futiro, se tornar capaz de prover à mãe e à irmã. Como se chama a menina? Aliás, raramente o vi mencionar a mãe. É calado. Mas tornar-se-á inteligente como o pai. Temos estirpe. E a lei dos homens e a lei de Deus nos valendo.

3.
Não come direito, não brinca com os outros. Devo comunicar ao tio? Não, o tio é importante; por meio da esposa – de um dos vários casamentos, já que enviuvou duas ou três vezes – tornou-se procurador público do Duque de Ormond, no palatinado de Tipperary. Tem uma famosa história esse tio Godwin já que, para horror de toda a sua própria família, foi casado, de terceiras núpcias, com uma mulher por nome Hannah que era uma das co-herdeiras do Almirante Deane, um dos Regicidas! Tiveram muitos filhos – e a casa já estava cheia de outros filhos dos primeiros casamentos. Sei disto porque meu irmão, Timothy, morou em uma propriedade próxima à do Sr. Godwin; tive oportunidade de conhecer a família quando fomos convidados para um almoço em casa dele. Residência ricamente decorada. Muitos quadros. Homem inteligente, defensor de causas justas – talvez hábil demais em certas questões escusas do Direito... Deixará aos filhos belas propriedades. Facilidades da vida pública.
Ando apreensivo; o menino divaga nas aulas. As notas não estão boas e a letra é sofrível. Coitado, não conheceu o pai. Também não conheci o meu, mas foi diferente. Minha santa mãe ficou em ótima situação quando papai veio a faltar, financeiramente falando, claro. No caso deste infante, pelo que sei, a mãe ficou sem uma moeda. O marido tinha sido rico mas morreu de súbito. Faz mais de ano que o menino não vê a mãe. Ele apresenta

traços de insubordinação. Percebe-se isso nas composições que escreve. Tem sempre um quê de revolta nos textos dele, uma amargura antinatural a uma criança. Nunca demonstra afeto por ninguém, nem pelo tio. Talvez, com o amadurecimento, passe a se relacionar melhor com os estudos e com os colegas. Por enquanto, é intensificar a aritmética e os princípios religiosos, base para tudo. Também o aprendizado da filosofia e da álgebra, a seu tempo, lhe fará grande bem.

4.
Não sou de me meter na vida dos outros – pergunta pra Dayani. Mas sinto na obrigação de esclarecer. Besteirada essa coisa de mistério que estão querendo passar. Vou contar o que foi dito pelo próprio menino, quando já era adulto, claro. Tem registros na internet, é só procurar!

Vai lá: o pai dele era bem-sucedido mas casou com uma pobretona que tinha só sobrenome, mas sem grana. A família dele não aprovou. Quando o cara morreu, os irmãos quiseram dar uma lição, tipo *Escolheu essa falidona, então, teus filhos que vão pagar por tua escolha.* Crueldade. Quando o garoto nasceu a mãe tava numa pindaíba e quando ele tinha um ano aquela moça que cuidava dele teve que voltar às pressas pra terra dela porque tinha alguém muito mal lá, tipo morrendo. E ela esperava receber uma herança. Como ela adorava o garoto, levou ele da mãe e foi pra Whitehaven, que era a cidadinha dela. O menino ficou lá por três anos. A mãe não foi contra. Ela foi embora também, pra outra cidade. A tal da Tonya ensinou o menino a soletrar e quando ele estava com três anos já conseguia ler vários trechos da Bíblia. Era tipo gênio. Foi depois disso que a mãe pediu pro tio Godwin pra cuidar do garoto. O resto foi contado certinho. Ele voltou e começou a estudar com seis anos. Me senti na obrigação de esclarecer isso. Agradeço por me escutarem.

*Adoro aqueles conhecidos que são dignos de crédito: adoro ser o pior de todo o grupo.*

1.
— Tendo concluído os estudos na escola de Kilkenny, então com quatorze para quinze, ingressa na Trinity College onde se graduará. É aceito na condição de "pensioner", termo aproximado de "sizar", empregado arcaicamente como referência a alunos de poucas posses dos quais se cobrava taxas reduzidas e aos quais era oferecida alimentação e/ou hospedagem gratuitos, entre outras facilidades, durante o período de graduação.
— Porra, por que não falou logo "bolsista"?

2.
O Sr. Godwin está tendo arroubos de insanidade, acaba de me contar o cocheiro do Sr. Ellmann! Saiu pelas ruas gritando palavras obscenas! E, tenho até certa inibição em contar: a dada altura exibiu as partes pudendas aos que o foram acudir! Não para de falar que tem que ganhar mais dinheiro. Que a lei se voltou contra ele. A que lei se refere, se ele mesmo é a lei? Levá-lo-ão ao sanatório, contou-me o Professor Briggs. Não entendo. Lutou durante anos para criar os quatorze filhos e mais o filho do irmão! Sempre tão cordato! Agora fica louco! Consegue imaginar?
Felizmente acumulou fortuna — não deixará a família exposta a sofrimentos. Mas o fato é que está louco. Um homem não pode

se apegar tanto aos bens materiais – o castigo pela ganância começa aqui.

Vão levá-lo! Não quero ver isso. Acho sobremaneira constrangedor. Daqui a alguns dias visitarei a família, mas na casa deles – no manicômio não entro. Ir a esses lugares não faz bem ao espírito. Eu evito.

3.

Agora com o tio no hospício quero ver como ele vai fazer! Passou quatro anos só brincando na Universidade. Não aprecia os estudos – é dado à poesia. É a manifestação do sangue poético dele, já que é aparentado de Dryden... Só mesmo rindo. Deveria ter terminado o bacharelado em fevereiro, mas decidiram que ele terá que ficar mais três anos. Rendimento insuficiente, declarou o Colegiado. Não compensa diplomar esses meninos tão cedo. Ele ainda não sabe o que quer da vida. Só não invente de ser escritor, que não dá futuro! Agora, sem o apoio do tio, como vai pagar os estudos? Que esses três anos futuros imprimam nele um caráter mais sólido e uma percepção mais profunda da vida.

*A ambição muitas vezes leva os homens a ofícios os mais desprezíveis; assim, a ascensão é realizada na mesma posição em que se rasteja.*

1.

Política escravizante! Agora decretaram esta lei que proíbe a exportação para os outros mercados da Europa! A Coroa quer é devorar nossos fabricantes; vai todo mundo deixar a ilha! É a influência dos franceses com a tal tolice de Iluminismo. Sim,

Locke bebeu na fonte deles para estabelecer seus princípios teóricos sobre o Governo Civil!

Confirmaram o novo regime e a Rainha Ana assumiu no lugar de Guilherme III. Essas ideias de separação dos três poderes, liberdade de comércio e direito de propriedade vão desmontar a Europa! Agora acreditam que a Razão — fonte exclusiva de todo o conhecimento — é a forma única e genuína para a compreensão dos mecanismos da sociedade.

Na Inglaterra, os grupos políticos estão bem divididos: os mais conservadores defendem as prerrogativas do Rei e da Igreja Anglicana; os liberais, apoiados por boa parte da aristocracia e dos comerciantes de Londres, estão a favor de maior tolerância aos presbiterianos e católicos. E nós no meio disto tudo. A evasão será grande. Pode escrever.


2.

Eis que retorna! Com a situação tumultuada, fecharão a Universidade. É isso: o cenário piora por lá e aí ele aparece para nos visitar, depois de toda uma vida de puro egoísmo... Bela ajuda nos deu durante todos esses anos! Praticamente vinte! Nunca foi capaz de escrever perguntando como é que estava a mamãe! Para mim, que sou apenas a irmã, nem uma linha. Dinheiro nunca mandou. Gastou com livros. Dado a leituras de poesia, contou-nos o primo Samuel!

Agora lembrou onde fica Leicester no mapa. Mas o que mais me chocou foi o cinismo de dizer na carta que é um momento importante para a família. Que família? Me admira mamãe acreditar numa hipocrisia destas!

3.
Deus de bondade infinita, vos agradeço por ter trazido meu filho de volta. Quase vinte anos sem vê-lo! Meu garotinho! Infelizmente não conseguiu nos trazer nenhum dinheiro. Não importa. É hoje um homem das letras, cultíssimo. Meu Jonathan teria orgulho de nosso filho! Estabelecer-se-á aqui! Isso é a maior benção que eu poderia desejar. Espero que jamais volte àquela terra nefasta onde cresceu sob as garras de Godwin!

Antevejo um belo futuro ao meu rapaz: foi recebido por nosso admirável estadista Sir William Temple — sim, o pai dele, Sir John, já era grande amigo de nossa família — que hoje se encontra gozando a aposentadoria em sua casa em Surrey, perto de Fanham. Sir Temple maravilhou-se com o jovem tão refinado e quis, de imediato, contratá-lo como seu secretário. Meu filho trabalhará em Moor Park com Sir William Temple, Primeiro Baronete, nosso ex-Secretário de Estado!

Coitado de Sir Temple, desde a juventude sofre com aquelas dores de estômago; comia frutas demais, dizem os médicos, e ficou com o estômago fraco. Não está bem — quem me contou isso foi a esposa dele, Dorothy Osborne, minha prima em grau nem tão distante. Moram em uma bela casa; por sobre a porta da sala lê-se o moto da família: *Deus nos deu esta oportunidade de sermos tranquilos*. Embora não tenha participado da Revolução, conta de muito prestígio com o novo Rei e com os líderes da Gloriosa. Ajudará meu filho a se projetar na carreira. Carreira na Igreja, creio. Graças, Senhor meu Deus!


4.
É tão bonzinho, o moço. Trabalha com Sir William; ajuda a corrigir papéis e lê em voz alta para ele. Minha mãe também

trabalha lá e foi assim que eu conheci ele. Minha mãe é dama de companhia da Lady Gifford, irmã do Sir Temple. Contei que meu pai tinha morrido quando eu era bem pequena e ele me contou que o pai dele tinha morrido antes dele nascer. A história dele é bem mais triste do que a minha.

 Ele lê muito. Acho que já leu quase todos os livros do Sir Temple. Tem muito livro lá. Me perguntou o meu nome e quantos anos eu tinha: É Esther. Sete. Ele tem vinte e dois e não nasceu aqui. Ele é engraçado. Me ajuda nos estudos, ensina contas e as palavras que não sei dos livros. Nós inventamos outras palavras. Depois só nós é que sabemos o que querem dizer e a mamãe nos escutou conversando e não entendeu nada.

 Escreve poesia. E até um poema que ele escreveu foi publicado. Alguns gostaram, mas outros não. Ele tem um parente que é escritor famoso, se chama Dryden; esse homem leu o poema e disse que ele jamais seria poeta. Então ele mesmo achou que nunca seria e riu muito dele mesmo. Minha mãe disse que ele é amargo, mas eu não acho.

 É doente, tem uma dor de cabeça que dói muito. Às vezes para de falar porque dá zumbido dentro da cabeça. Os médicos disseram que ele vai ter que voltar para a terra onde ele morava, para descansar. O ar da cidade dele pode fazer bem. Tomara que volte logo pra cá, que melhore. Gosto das coisas que me ensina. Ele quer ser da Igreja. Vai receber as ordens e tudo, mas pediu para eu não contar para ninguém. É segredo nosso.

5.
 Consultei toda a literatura disponível. Enviei cartas aos meus colegas médicos – inclusive ao Dr. Hans-Jürgen Petersen – e as respostas foram vagas. Não se tem informações sobre a enfermidade

que acomete o rapaz! É algo relacionado ao labirinto e temo que, com o tempo, ele perca a audição ou enlouqueça. Não sei se teve uma forte otite ou o mal decorre da sífilis. Ou pode ter nascido com a doença, que só agora se manifestou através das crises. Tem vertigens, náusea e vômito. Às vezes os sintomas desaparecem por alguns dias. Mas reincide, a moléstia. Há a possibilidade de que um jovem tão brilhante não consiga dar prosseguimento à sua carreira. Ele é emocionalmente inconstante. Recebeu o grau de Mestre em Oxford (sim, Sir William Temple intercedeu em favor). As crises voltam e a doença afeta seu estado de espírito. Anda sempre agitado e é ambicioso – talvez para compensar o sofrimento que a doença lhe inflige.

Sim, soube ganhar, habilmente, preferência das autoridades anglicanas. Foi ordenado há não muito, não aqui, lá em sua terra natal. Aceitou um clericato por 120 libras por ano. Tem sabido manejar seus contatos políticos, porque logo conseguiu o prebendado de Kilroot, no norte da ilha, e lá permaneceu por quase um ano. Na última consulta contou-me que, durante esse tempo em que esteve fora, sofreu uma desilusão amorosa: em visita a um amigo de nome Waring conheceu a irmã deste (Jane Waring, a quem chamou de "Varina") e, encantado com a moça, propôs-lhe casamento. Mas a dama já estava comprometida com um jovem clérigo, paupérrimo – com renda de menos de 100 libras anuais! Desiludido, voltou para cá. Sir Temple o recebeu, gosta dele e vem lhe conferindo invejáveis poderes nos círculos políticos.

Meus colegas foram imprecisos acerca da evolução do quadro. Simplesmente não sei o que dizer a esse jovem quando ele retornar aqui.

*Tenho dados para um Tratado provando a falsidade da definição 'animal rationale' e para demonstrar que ela deveria ser apenas 'rationis capax'. Sobre este magnífico fundamento de Misantropia todo o edifício de minhas Viagens é construído.*

1.

Quinze anos já, meu Deus! Felizmente venceu os problemas de saúde, a minha filhinha. Hoje é corada, viçosa (a prima, aquela magricela, chegou a comentar que, para os padrões de Londres, Esther é até um pouco gordinha...). Uma beleza peculiar. Os cabelos negros fazem inveja a muitas meninas. Tem modos de uma grande dama e uma inteligência notável.

Sou grata a ele, porque conduziu os estudos da minha filha desde que ela era pequena (quando ele aqui chegou Esther estava com uns oito anos), indicou leituras e a instruiu sobre os princípios da virtude. Mas não posso negar que esta relação me aflige um pouco. Sei que há grande afeto entre os dois, contudo, a saúde dele declina a olhos vistos. E ele não se estabelece em lugar nenhum; vive uma parte do tempo aqui e outra naquela ilha chuvosa. Agora voltou para cá e disse que quer escrever livros. Que futuro terá? Descrente da vida, fazendo comentários ácidos sobre tudo.

É respeitável nos círculos da Igreja; foi ordenado diácono e logo galgou a posição de sacerdote anglicano, mas, embora o conheça há tanto tempo, esse homem é para mim um mistério. Sei que ele gosta dela – quando estão juntos demonstram um convívio prazeroso. Mas há a sombra da moléstia, que parece estar piorando; uma espécie de maldição. Esther me contou que um tio dele morreu louco.

Jamais deu a entender que tem algum interesse em se ligar à minha filha pelos laços do matrimônio. Quais suas reais intenções? Esther é evasiva em relação a essa situação incomum. E também jamais demonstrou interesse por outros jovens. Imagino que tenham lá seus segredos.

2.
Estou farta dessas excentricidades! Tem essa doença horrível e, de fato, o Dr. William Cockburn não está muito otimista em relação ao que acontecerá no futuro, mas isso não é motivo para viver pisando nos outros.

Um filósofo, um religioso! Cinismo! E a aversão pelos seres humanos, sobretudo pelas mulheres? E a maneira de falar cheia de duplos sentidos! Pra mim não serve; sou uma pessoa simples, nunca tive as chances que ele teve! Minha vida se resume em sofrimento desde que nasci, sem pai, sem um lar decente. E agora quer impedir meu casamento com Joseph Fenton!

Tenho 34 anos e daqui a pouco não vou mais poder ter filhos! Qual o problema de me deixar casar com o Joseph? Homem bom, entende tudo sobre curtimento de couros e peles, que mais posso querer para o meu futuro? A mamãe não tem que se deixar influenciar pelas opiniões desse meu irmão prepotente. Ela tem é pena demais dele, por conta da doença; vive dizendo que ele é agressivo porque sabe que vai ficar surdo ou que vai enlouquecer. Ora, pois isso devia era amolecer o coração dele!

Me caso, está decidido. Fica tudo muito fácil para ele, não? Protegido pela posição que alcançou, agora pode se dar ao luxo de passar as horas livres escrevendo. Dizem que terminou um grande livro de "prosa satírica". Pois que escreva os melhores livros do mundo e não me atormente.

Insiste em acusar o Joseph de vagabundo, diz que ele não presta para marido. E ele, que está enganando a pobre Esther faz tantos anos? A Mildred me contou que a Esther tem um belíssimo enxoval ricamente bordado pela mãe. Gosto da menina, tão meiga e bonita! Agora com a morte de nosso nobre e bondoso diplomata Sir William Temple, todos sofrerão mudanças dramáticas em suas vidas. A começar por meu irmão. Acho que Sir Temple deu poderes demais a ele (e ainda lhe deixou os direitos de publicação póstuma de todos seus escritos inéditos, imagine!). Ouvi boatos de que ele foi convidado para trabalhar como capelão e secretário do Conde de Berkeley. Seria ótimo; aí ele volta para aquela terra dos pântanos e me deixa livre. Serei Jane Fenton. Nem ele, nem ninguém, vai me impedir.

3.
Nunca vi assim, puro nervo. E olhe que trabalho para ele desde que ele morava em Kilroot. Na época do prebendado lá até que tinha razão pra ser nervoso, lugar isolado, ninguém pra conversar. Mas agora não tem!
Agride a gente por nada. Dizem que até com a mãe dele já viram gritar por causa daquela brigarada por não quererem que a Miss Jane se casasse. No fim, casou. Cá pra mim, fez bem. Olha no meu caso, se não tivesse casado com o Liam Brent não tinha tido a Anne e morria sem companhia. Deus me livre! A Anne é minha companheira pra tudo e, quando eu não aguentar mais trabalhar, é ela que vai ficar servindo o patrão. Já estou ensinando como é que ele gosta de cada coisa, a comida, os talheres na mesa, as roupas e as perucas dele.
Agora aqui em Laracor – o Lord Berkeley conseguiu o vicariato pro patrão – a trabalheira pra manter a casa é grande, mas

compensa. Aqui ele é o pároco e tem poder. Congregação pequena, sobra tempo pra ele cuidar do jardim e plantar as árvores; até um dique ele fez do jeito dos holandeses!

Se apresentou para a prebenda de Dunlavin na Catedral de São Patrício e, graças a Deus, recebeu. Agora o benefício da Igreja lhe dá um bom sustento. Mas sinto que ele queria estar era lá na terra da mãe dele. Ficou infeliz por ter que voltar pra cá. Quando ele fala de lá os olhos brilham. Quem sabe um dia ele não consegue mudar de vez — será que leva a gente junto? Será que eu me acostumava?

Tem escrito bastante; livros e coisas de política. Andam brigando muito por política. Os dois lados se matam. Um coloca no jornal a provocação e o outro responde, aí não tem fim a brigarada. O patrão apoia um dos lados e tem xingado bastante gente por aí; mas xingam ele também. Deve de ter razão no que faz, recebeu um título da Universidade fazendo dele Doutor em Teologia. Até falar diretamente com o Rei ele já falou!

Briguento que só. Outro dia viajou só pra afrontar um homem que disse que sabia ver o futuro das pessoas pelas estrelas (sacrilégio!). Isso deixou o patrão espumando de raiva. Ele foi lá dizendo que podia prever a morte do tal sujeito. Anda esquentado. Será que são as dores no ouvido?

Talvez seja essa moça que veio morar aqui — Esther. No começo do ano ela apareceu, ela mais uma amiga, a Miss Rebecca Dingley (meio prima dela). Foi ele que pediu pra ela vir — pra organizar os escritos. São muito amigos. Ela recebeu uma boa herança do Sir William Temple, umas terras que estão arrendadas em Wicklow. (Deus me perdoe, mas corre, a boca pequena, que ela é filha do Sir Temple com uma dama de companhia...). Ela agora mora pertinho. Acho esquisito porque nunca ninguém falou que vão se casar. E o patrão já deve de estar com quase uns 35...

Deus, ajuda ele a abrandar a ira! Já pensou quando ficar de idade? Mais ranzinza e mais entojado. Vai sobrar pra minha Anne!

*Dê logo um belo pontapé no mundo, e o mundo e vocês viverão juntos num acordo bem tolerável.*

1.
Niall me levou para visitar o centro. Impressionante. Essa cidade sempre esteve à mercê do que acontecia, politicamente falando, na Coroa. Ficou estagnada durante muito tempo mas, aos poucos, foi expandindo seu comércio e agora, em 1702, é francamente próspera, digna de ser a capital.

A população cresceu; tem em torno de umas 60 mil pessoas! A presença do porto ajuda. E a idealização dos canais foi excelente ideia. As ruas estão sendo redesenhadas, surgem belas praças e parques, e os edifícios mais antigos são reconstruídos. Os prédios públicos estão sofrendo suntuosas reformas – dos dois lados do rio. O Parlamento, com projeto arquitetônico de Sir Edward Lovett Pearse, será monumental!

Mas os problemas religiosos se aprofundam. A elite que governa é protestante e a maioria da população é católica. Os católicos sofrem sérias limitações impostas pela lei – nem votar podem, e têm as piores rendas da comunidade. Assim, invariavelmente, professores, advogados, médicos e políticos são protestantes e fazem novas leis... Tensões permanentes.

Um luxo as casas na Rua Henrietta, com belíssimas lareiras em fino mármore. Sim, há certa semelhança arquitetônica entre os edifícios daqui e os de Bath e Edinburgh, afinal, seguem os padrões neo-clássicos. Mas as construções com os tijolos vermelhos e as ruas largas imprimiram um estilo peculiar à cidade. As portas entalhadas são belíssimas. Um lugar que se destaca pela beleza de suas portas, não é curioso?

2.

    Tinha jurado de pé junto que não ia me meter, mas dá licença? Vou tentar dar uma acelerada. Na vida pessoal ele tava bem frustradão, pôs pra correr um amigo chamado William Tisdall porque o cara pediu a mão da Esther em casamento. Ninguém entendeu porque ele ficou tão raivoso e não deixou a coitada casar, mas também não assumiu a tal senhorita. Outra coisa pessoal: ficou amigo do Dr. John Arbuthnot, aquele médico famoso que publicou estudos sobre o efeito do ar no corpo humano e foi médico da Rainha Anne. Ah, uma coisa complicada: a irmã do Sir Temple, Lady Martha Gifford, acusou ele (que era o executor da obra do finado) de ter publicado um livro não autorizado que tinha uns comentários bem maldosos sobre uns camaradas lá da época. Baita encrenca judicial! A mulherzinha (chamou ela de "uma grande besta") também ficou furiosa porque nosso amigo foi lá e exigiu um pouco de grana pra Esther dizendo que ela tinha direitos. A mulher deu a grana sem muito alarde e depois, quando ela morreu, deixou mais grana não só pra Esther como pra prima dela, a Rebecca Dingley, que era uma pobrona. Na minha família nunca ninguém deixou nada pro outro!

    Ele foi se embrenhando na política. Se meteu em confusões e escreveu panfletos contra tudo, denunciou, ridicularizou, xingou, mediou brigas. Primeiro foi amigo de um partido e depois foi inimigo, mudou de lado, sei lá. Não falo nada porque já fui Arena e tinha arrepio do MDB, depois mudei. Ah, ele foi editor de um jornal polêmico onde metiam o pau nos corruptos. Muita roupa suja pra lavar! Aquela boa e velha história, sabe?

Por uns dez anos foi isso. Quem quiser pormenores, procura na internet — tem as cartas que ele mandava pra Esther. É fácil downloadiar. Depois morreu a Rainha Anne e subiu ao trono um cara chamado George I, aí mudou tudo porque o Rei favoreceu o partido que antes era oposição, sabe aquelas maçarocas políticas? Sobem uns, caem outros — perseguiram uma porção. Tem lá e tem cá. Tudo bem igual.

3.
Agora uma partezinha de baixaria que ninguém é, o tempo todo, santo! Olha só o rolo. Ele se tornou deão (é um bambambam da Igreja dele) da catedral de São Patrício, mas a congregação dele não foi receptiva; achavam que não dava pra misturar atividades políticas com atividades religiosas. Faziam cara feia porque ele era político. Aí a tal de Esther foi lá de novo pra dar uma força. Só amizade; nem moravam na mesma casa.

Umas semanas depois, outra mulher chega na cidade procurando ele! Jesus amado! Também chamava Esther! Em alguns lugares aparece Hester, mas acho que pronuncia tudo igual. Era filha de um comerciante rico chamado Bartholomew. O sobrenome dela é ruim de falar — Vanhomrigh. Uma fica sabendo da outra. Um Deus nos acuda.

Acho que ele tinha prometido o céu e a terra pra essa segunda Esther e a bobona foi lá atrás dele... só pra dar de cara com a outra! Ainda bem que não tinha filho na jogada, pelo menos isso. Ele tentou convencer a coitada (a segunda) que ele não tinha nada com ninguém e veio com um papinho de que o bom mesmo era todo mundo se amar uns aos outros mas só tipo platônico. Ela não topou o tal triângulo espiritual. Ficou foi p da cara e fez um pampeiro! Pra ela era pra ser carnal, aquela coisa de sufocar os desejos não colou. Sufocar porra nenhuma!

Aí a Esther 2 mandou uma carta pra Esther 1 contando tudo. Putz, tô só tentando imaginar quando a 1 leu, depois de ter dedicado a vida toda pro cara, desde os oito anos esperando ele tomar uma iniciativa. Ou ele era meio lesado das ideia e não atinava o que que era pra fazer com mulher ou ele tava sofrendo muito com a doença e não queria compromisso. Isso nunca ninguém descobriu. Mas eu acho que se ele não gostasse do produto, não ia ficar se envolvendo por aí com nenhuma guria.

Tá, então, ele ficou muito bravo com a que tinha mandado a carta e escreveu um bilhete dando o maior esporro nela. Aí, sem dizer uma palavra, jogou o bilhete na cara dela e saiu. A coitada pôs o rabinho entre as pernas, empacotou as tralhas e se mandou. Otária, no fim; vai ver ela não conhecia aquela frase que ele mesmo escreveu: *Promessas e bolachas nasceram para serem quebradas*. Foda, né?

Nunca mais se viram. Já vi gente dizendo que ela morreu de tristeza uns meses depois. Mas uma vez numa rodinha, num churrasco no Lineu, alguém falou que isso é cascata, que a 2 morreu quase dez anos depois, quando estava com 35. Vai saber. Bom, santo ele não era que já ouvi dizer que se envolveu também com uma tal de Anne Long, prima distante da Vanhomigh (a 2), mas não deu rolo amoroso. Não que se saiba. (A Deise me contou que, na verdade, essa coitada ficou na miséria e se mudou pra uma cidade chamada Norfolk e teve até que mudar o sobrenome pra Smyth, pra ninguém reconhecer ela; dois anos depois ela morreu às 4 da madrugada do dia 22 de dezembro e ele ficou sabendo bem no dia do Natal. Tem naquele tipo de diário dele tudo anotadinho).

Mas, vamos ao que interessa! Sempre teve um buxixo por aí que dali a três anos depois do bafafá ele se casou com a Esther 1. O Dr. St. George Ashe, Bispo de Cloger, de quem o casal era amigo (ele tinha sido professor de matemática no Trinity College...) oficiou o ato secreto. Não assumiram publicamente o casório. A moça esperou ele a vida inteira e eles casaram escondido. Doido isso, né?

Não tem documento pra provar, só a língua do povo é que dizia. Mas, sério, com documento ou sem documento o que eu acho bonito é que ela amava ele. Ai, já pensou um amor assim? Romântico pra caralho.


4.
(...) agradeço o convite da Professora Dra. Maria Carmelina Junqueira de Castro Estrela para participar desta mesa sobre "Autores Marginocentrados".

(...) argumenta a crítica que sua obra foi influenciada tanto pelos autores clássicos quanto por autores seus contemporâneos, como Addison, Steele, Wanderson, Peixoto, Lindner e Pope, que ele venerava, e por autores com quem antipatizava francamente, como Defoe.

(...) respeitado e imitado – sua influência sobre os autores subsequentes é vista como incalculável. (...) incisivamente crítico sobre as mazelas de seu tempo, chegando a representar uma ameaça aos padrões da época ao escancarar a corrupção tanto da Igreja quanto da vida política.

(...) tentaram denegrir-lhe a reputação. Wisley de Cameron escreveu em 1849 que ele era "criatura de índole desprezível, amoral e egoísta, blasfemo, insolente e monstruoso, inconsequente e vergonhoso, características que se refletem na inabilidade de

produzir textos inteligíveis e coerentemente edificantes" (*in* Lukeshi, 1925:563).
(...) suscitou discussões acirradas. Isso faz dela uma grande obra. O teor de provocação e denúncia incisiva – tudo encoberto pelo tom satírico e despretensioso. Indubitavelmente falamos de obra de gênio que jamais foi igualada por nenhum outro em sua língua.
(...) Muito obrigado.


5.
Você conhece o cachorro pelo dono e os empregados pelo patrão! Não comentemos a respeito da adorável Mrs. Curry, senhoria que trabalhou todos aqueles anos em Capel Street. Convém-nos abordar Patrick! Grandessíssimo beberrão. Sabia contar muitas histórias de mentiroso – era inventivo, exagerado, por isso gostavam dele e, imagino eu, por isso permaneceu empregado naquela casa por tanto tempo. Foi demitido em março; dois anos depois da morte da Dona Abigail, que Deus a tenha.
A atmosfera da casa estava péssima. Problemas de ordem externa interferiam no andamento das questões internas. E o mau humor crônico do patrão, fruto de seus infindáveis embates políticos e literários – e da doença, que o açoitava sem trégua – fazia com que ninguém se interessasse em servi-lo com gratidão. Também as constantes viagens dele permitiam liberdades inconcebíveis.
Veja o caso do Isiah Parvisol, irlandês descendente de franceses que serviu como mordomo e cobrador de dízimo. Pior que Patrick. Cometia coisas censuráveis, não era demitido e jamais se emendava. Esse o padrão que se criou com os funcionários: tolerância a tudo e desconsideração à autoridade. Aquele quê de insanidade e desequilíbrio que começou a se manifestar no patrão

foi se reproduzindo nas relações de convívio dentro daquela casa. Foi isso que me fez desistir daquela posição. Ambiente caótico. Um patrão doente e melancólico e uma casa igualmente doente.

*É impossível que algo tão natural, tão necessário e tão universal quanto a morte tenha sido planejado pela Providência como uma desgraça para a humanidade.*

1.

Escreve o dia todo, visceralmente. Às vezes, ouve-se gargalhadas vindas de seu escritório. Tem quase sessenta anos. Está em vias de concluir sua obra prima. Começou a escrevê-la há três anos e, pelo que disse na carta ao amigo Pope, sua intenção com este livro é "inquietar o mundo e não diverti-lo". Será publicado daqui a três anos. Terá sucesso imediato.

[John Gay, ao terminar a leitura do manuscrito, enviou uma bela carta ao amigo onde diz que o livro "é universalmente interpretável, do Conselho de Ministros à escola maternal". Imediatamente após a publicação foi traduzido para diversas línguas. Ainda hoje é um dos mais lidos e admirados livros de toda a literatura. A crítica aos políticos se dá através da sátira – são retratados como anões; os comentários mordazes sobre a humanidade e suas características desprezíveis aparecem sob o sutil disfarce da fantasia, do exagero; todo o sistema da justiça, as estruturas militares, os abusos da religião e os intelectuais são ridicularizados. Numa das partes do texto evidencia-se a superioridade dos cavalos sobre os seres humanos. Subjaz à sátira a crença de que a razão e o bom senso – as mais altas faculdades humanas – são solapadas pela tendência do homem de agir de modo irracional. Uma dissecação do espírito humano via alegoria. Também reflete suas próprias angústias com a mediocridade geral que ele mesmo experimentou em relação aos seus contemporâneos, incapazes de praticar os valores que ele tanto prezava.]

Tem estado mais tranquilo nas últimas duas semanas. Deve ser o efeito deste novo livro – espero que dure. Quando apareceu aqui, ontem pela manhã, conversamos bastante. Perguntei a ele como vem encarando a velhice. Ele demorou para responder e, por fim disse apenas: *Todos desejam viver muito tempo, mas ninguém quer ser velho.*

2.

Lá está ele na adorada cidade, naquela que, sem que ele pressentisse, seria sua última viagem à Inglaterra. Passa horas conversando com o amigo Alexander Pope. Faz muito sucesso como autor e filósofo. Vive os últimos momentos de alegria – a doença, inexorável, vai apagando sua criatividade e abalando seu vigor. Todos percebem seu declínio.

Recebe a notícia de que Esther, que sofre de um mal desconhecido, piora e já lhe é um suplício a sobrevivência. Vai às pressas ao encontro da amiga. Por dias mantém uma vigília constante ao lado dela, reza muito, desesperado com a ideia de que lhe falte aquela mulher que foi sempre tão próxima. Mas, não suportando ficar ali até o fim, retirou-se para seu escritório e, às onze da noite, escreveu: *Hoje, domingo, dia 28 de janeiro, lá pelas oito horas da noite um empregado trouxe-me um bilhete informando sobre a morte da mais verdadeira, mais virtuosa e mais valiosa amiga que eu, ou talvez que qualquer outra pessoa, poderia ter. (...) Ela nasceu em Richmond, em Surrey, no dia 13 de março, no ano de...*

Arrasado, não consegue comparecer ao funeral. (Algum dia um cacho de cabelo de Esther será encontrado em sua escrivaninha, envolvido por um papel em que se lia as seguintes palavras: *Apenas o cabelo de uma mulher*).

▫▫▫▫▫▫▫▫▫▫▫

Três anos se passam e ele está cada vez mais doente; há momentos em que chega a perder a consciência de tão fortes que são as vertigens. Mas a verve e a ironia não o abandonam e ele tematiza sua própria morte em um poema que começa a escrever; terá 484 versos. No ano seguinte morre o amigo e colaborador John Gay. Mais alguns anos e perde duas pessoas marcantes: sua irmã Jane e John Arbuthnot, companheiro dos tempos de Londres.

Ainda escreve. Está alquebrado, mas ainda faz da sátira a melhor aliada. Os amigos sentem um misto de pena e admiração por ele; os inimigos se regozijam com o que consideram ser a evidência máxima da decadência de um homem.

▫▫▫▫▫▫▫▫▫▫▫

O poema sobre sua própria morte, prevendo o que amigos e inimigos dirão quando ele se for, é publicado em Londres.

Está surdo. Violentas tonturas e náuseas. A memória começa a se deteriorar, a insanidade avança. Tem lancinantes crises de angústia temendo se tornar mentalmente incapaz. Chora e diz frases desconexas.

A imagem que lhe atormenta: seu tio Godwin, louco, gritando. Seu tio arranhando o próprio rosto até sangrar.

Sofre um derrame cerebral e fica paralítico. Perde quase que completamente a habilidade da fala.

Temendo que ele se torne vítima de algum explorador inescrupuloso, amigos pedem uma intervenção judicial declarando que ele sofreu total perda da capacidade civil. Tutores são designados para cuidar dos assuntos financeiros dele. Fica decidido que, em caso de morte, seu patrimônio será doado para a fundação de um hospital de doentes mentais.

3.
No dia 19 de outubro, surdo e louco, ele morreu. Tinha 78 anos. Foi enterrado na Catedral de São Patrício onde se vê a lápide com o epitáfio que ele mesmo escreveu:

*Hic depositum est Corpus*
*IONATHAN SWIFT S.T.D.*
*Huyus Ecclesiæ Cathedralis*
*Decani,*
*Ubi sæva Indignatio*
*Ulterius*
*Cor lacerare nequit,*
*Abi Viator*
*Et imitare, si poteris,*
*Strenuum pro virili*
*Libertatis Vindicatorem.*
*Obiit 19 Die Mensis Octobris*
*A.D. 1745 Anno Ætatis 78.*[2]

---

[2] "Aqui jaz o corpo de JONATHAN SWIFT, doutor em Teologia e deão desta catedral, onde a colérica indignação não poderá mais dilacerar-lhe o coração. Segue passante, e imita, se puderes, esse que se consumiu até o extremo pela causa da Liberdade."

# DIVINATÓRIO

SEGREDO, PEDRA
Você inventou-se num alfabeto e agora as palavras dizem: é obsoleto tingir a manhã com essas cores. É externo e alheio falar em inscrições em cifras em pedras em tábuas em antiguidade. Conto como se pudesse definir o que é o presente. Falo como se fosse encontrar seu sorriso as flores valendo aqui ainda. E todas as convicções serão o sal do mar da terra o sal das estátuas – as bocas rindo eternamente sendo silenciadas. E os cabelos que se exaltam que se manifestam em ondas são segredos que se espalham são línguas de fogo que se consomem. Os beijos todos os abraços deixados num vão, naquilo não existido. Você hipóteses e seu vocabulário de misteriosa expansão. Postos em código, os traços sinais vertigens que usou para falar aos bichos aos desertos às marés aos povos e sobre eles mesmos. E a ninguém na praça vazia na manhã que se esvoaça. Um dialeto. Um traço único sobrevivente. Como a pedra a mover-se. Como a escuridão desse movimento.

ᚠᛏᚤᛒᚺᚷ ᛚᛙᚷᛘᛈᛉᛋᛂᛌᛆ

Quando ela chegou aqui eu lembro bem igualzinho que fosse hoje. Era boniiiita de doer, dava de ser capa de revista, nossa se não dava! Tinha umas roupa diferente, não era que a gente bota reparo, é que dava nas vista que era vestimenta muito da fina. Tinha jeito completo de artista. E vinha com duas malona. O motorista de táxi que recolheu aqui pra dentro. Veio de táxi, sim senhor! E uma que era menorzinha ela deixou bem aqui nesse mesmo balcão. Era vermelha essa uma. Quanto tempo que faz isso? Olha, eu tenho tudo escritinho nos livro-registro. Num para aqui na minha pensão gente sem informar nome completo e às vez até mostrar documento com fotinha eu peço. É modesto aqui, é bem simplinho, mas sempre foi muito organizado, nunca deu poblema com fiscal, algum pagamento que não fiz, nem que deixaram pendurado pra mim, nadica. No caso, se tiver precisão eu consulto lá nas caixa antiga que tem tuudo anotado. Se o senhor quiser a data certinha, tem.

O senhor é tipo polícia? Tô só perguntando porque eu não tenho poblema nenhum de não responder, não escondo nada. Bonita? Bota bonita nisso! Um mulherão puxado pra morena a coisa mais linda, umas pernona, cara bem pintada, perfumosa. Ainda bem que o meu falecido Estélio já tinha batido as bota que eu ia era ter poblema com essa moça aqui. Não por ela, mas por ele. O senhor sabe que ele era danado, o coiso. Me botou chifre pra mais de metro. Até com a Lenita, que era cozinheira nossa de anos, perna forrada de varize de ficar em pé lidando no fogão, o senhor acredita? Mas eu nem fazia mais caso. Eu não, ruim com ele pior sem ele. Casei novinha de tudo, catorze pra quinze. No começo eu sofria, passava os dia que era só lamúria, mas homem é assim mesmo. Depois ele caiu duro, bem ali, ali na lajinha perto do portão. E tinha acordado sãozinho, o Estélio, naquele dia! Da gritaceira da vizinha, a Dona Vilna, eu malmente compreendia que era de trazer logo uma vela que o benditinho estava estrebuchando. Foi do coração, o médico disse que fulminou. Como que esturricou tudo as veinha lá por dentro. É o que eu digo: chega a hora da gente é o Homem lá em cima que decide quem vai quem fica. Tem escapativa não. Nem choramingueio que segure.

Então, quando ela chegou aqui fazia um tempinho que eu já era viúva. Perto dium ano, mais ou meno. Falou que estava chegando da Europa, acho. Era um lugar desses lá, parecido. Lugar importante. Não sei bem onde que era, que isso de estudo, eu tive bem pouco. Bem dizer só o comecinho. Mas domino as quatro operação com facilidade. E eu lembro da feição dela bem certinho, olhão vistoso, batonzão. Parou aqui uns dois mês, por aí. E pagou corretinho. Às vez passava uns dia que nem descia pro café. Os quarto é lá em cima. Ficava lá trancada vendo a tevezinha até tarde. Mas não era proseadera, era educada, isso ela era, mas não era de fazer comentário nem inquiridera. Depois quando foi embora saiu só com a malinha, a mais menor. A vermelhinha. Não sei que fim tinha levado as outra. Eu não fico de perguntação com os cliente e nem critico vida alheia.

Se o senhor quiser um cafezinho tem ali na térmica, pode ficar à vontade. Se quiser algo de comer posso preparar um pedido e sirvo ali na copa, o senhor paga avulso, tem pão feitincasa, tem geleia, de fruta mesmo só tem banana hoje que as mixirica lá do Seu Ozir tava bem magoadinha e eu nem trouxe. Mas posso fazer um mexido de ovo se o senhor não tem poblema com fritura. Eu fiz exame e deu bem alto aqueles negócio lá de gordura e açúcar no sangue. Toooda vida cozinhei com banha e o médico agora disse pra evitar. Até o sal ele implicou comigo. Não acredito muito nisso não, sabe? O senhor zela por algum conselho de médico? Eu que nem dou bola. Deus que defenda! Eles olha pra você e já quer operar. Tá tudo virado num chapéu velho, pois não acha?

Não sei dizer não senhor quem é essa menina aí que o senhor tá mostrando nessa foto. Tem semelhança não com a mulher que eu tava referindo. Bem dizer tudo, boca, olho, cabelo, bem diferentinho. Não, que eu lembre ela nunca deu telefonema aqui da portaria. Era eu que cuidava disso então eu ia lembrar se ela tivesse feito ligação. Tem telefone no quarto não. Nem ligaram nunca atrás dela. Eu ia ter lembrança se tivessem. De filho e família nunca nem contou. Ah essa outra foto aí sim. Essa moça da foto é a mesma criança? Jesuscristinho, modificou bastante, heim? Essa moça sim é tal qual a dona que parou aqui um dia. Dava de dizer que é irmã. Ou filha.

SUSSURRO, CALENDÁRIO
Você não virá. Se corpo a pele, o sentir a sua pele, o emaranhado dos corpos e a vicissitude das bocas não cumpriram nenhuma razão – apenas a mais íntegra fé. Embora esteja em todos os móveis desta casa no tecido das cortinas na tinta das paredes no pó nos riscos do assoalho e sendo a semelhança de tudo que como e que penso, você não virá mais aqui. Você não virá nunca mais aqui. E quem esteve? Quem foi a metade maior das noites, dos silêncios, das melodias recolhidas entre os lapsos de amanhecer e tempo nenhum? A maneira o modo do qual você deriva, feito linguagem, é uma história incontada. Mas que conta-se talvez num tronco de árvore, num fóssil, nos búzios, numa foto amarelecida, num voo de pássaro, nas entranhas de um animal. É um oco e é pleno. Como pode? São seus dedos singulares, seu caminhar de risco anguloso, sua respiração de sonoridade indelével. É a madeira que recebe o talho que eterniza a mensagem – o grito o antigo tempo infinito da própria respiração.

Uma lei fez apagar a imagem com a qual me deparei no espelho. A menina em 68 que ainda não via astronautas na lua, só enxergava a fase em que se podam as árvores de fruta, isso porque a avó insiste em ensinamentos, em frases prontíssimas, em receitas sábias, em ditados impecáveis. Segundo a folhinha é época de se transplantar junquilhos. Época de se cortar a asa das angolas. Época de se sapecar o mate. Para que servirá essa ciência tamanha?

A salvação era nacional e floreada em hinos hipnóticos e históricos braviamente decorados. E a cada esquina pululava um herói esquartejado banido trágico e infinito que garantia comida na vendinha, que garantia uma carteira de madeira duríssima na escola, que garantia o salário ruim da professora, que garantia que muitos meninos e meninas nunca entrassem naquela sala. E olhinhos imprecisos assistiam a uma bandeira cheia de matas e ouro e céu com mais estrelas ser solenemente hasteada. E sempre havia o melhor dos ventos para desfraldar tudo aqui. Quando eu crescer quero ser cientista bailarina empresária domadora de leões. Isso não é profissão para meninas. Mulher não fuma. Mulher bebendo é a coisa mais triste da vida. Uma mocinha não ri desse jeito. Senta direito, menina! A juventude está ficando um horror; não respeitam mais nada. Uma mocinha que se preze não vai a esse tipo de festinha. É assim que começa. Uma mocinha não lê fotonovelas! Cruzes, que horror, isso enche a cabeça dessa mocidade de besteiras.

Quem vestia verde tinha frisos inequívocos e vincos inenarráveis em sua vestimenta-passaporte. Na escola as meninas de boa família usavam sainha de mil pregas (Modos ao sentar-se, Ludmila!). Corre aqui, Glorita, pra aprender com a tua madrinha o ponto da calda de ameixa, que não tem marido que não goste de um bom manjar de coco! Ô, Maria da Glória, tá surda, desaforada? Não é permitido assistir à missa de calças compridas. Não tem USTop coisa nenhuma de Natal, roupa de gentinha! Uma menina, a Sandra Mara, foi pega na saída do Colégio se esfregando com um garoto da 8ª. série. Coisa mais feia. A mãe não tem pulso. Depois fica falada e encalha, que eu pago pra ver quem é que vai querer casar com uma dessas! Uma menina, a Wanda, beijou o filho do Seu Rolando na boca no aniversário da Suzete. Depois engravida e é só danação. Botar filho no mundo é coisa sagrada, será que essa juventude não pensa nas consequências? Uma menina da sala da Dona Eunícia viu um cigarro fininho e era de maconha de verdade, viu uma camisinha de vênus, viu uma revista de mulher pelada, viu um disco voador, viu o badalo do próprio tio que urinava no muro! Uma menina da minha turma cortou os pulsos mas não morreu. Eu fiquei com medo de ver os pulsos. Graças a Deus ela mudou de escola. Nunca mais vi. Ela se chamava Cássia Beatriz e a mãe era auxiliar de compras numa loja de material de escritório, as Papelarias Damião. O pai era jornalista. Esses jornalistas são gente de esquerda. Vivem se metendo em encrenca! É por isso que o País não vai pra frente. Nunca mais soube da Cássia Beatriz. Os comunistas foram todos dizimados erradicados vencidos soterrados calcinados. Era gente perigosíssima. Infestaram o País por um tempo, mas depois sossegaram, felizmente. Levaram um corretivo, bom pra aprender. Na nossa família nunca teve! Graçasadeus.

Uma menina tinha um pai no exílio. Quando ele voltou era mudo e nunca mais sorria. Eu vi isso. Nem numa foto ele sorria. Em todas as poses era seríssimo, era pra sempre seríssimo, como se fosse sempre foto de documento. Os olhos nublados. Boca que nunca falava. Uma lei fez apagar a adolescente que eu vi no espelho (imundo) do banheiro da universidade. Caloura daquele curso perigoso. Isso não é adequado para uma mocinha. Na parede do banheiro estava escrito "tesouro do artista = liberdade".

MISTÉRIO, AMOR AFETUOSO
As letras que você recombina aproxima resolve arranja une foram usadas, têm sido usadas constantemente. Não tenho recebido notícias – nada preciso, nada exato sobre por quem, nem onde – mas elas se desgastam, isso significa que têm respirado muitíssimo. Você vive. Quando se olha melhor, quando se olha por dentro, quando se olha por fora em cada detalhe era peruca, a unha é lascada, um pé era manco, um dente doía muito, um som é impalpável, não cabe tudo na boca. Um rito eterno é o inadmissível, a carta abandonada, a carta amassada, o não passado a limpo, o destino fugaz do remetente, o delírio total da mensagem. Uma caixinha adamascada guarda horas de desespero. É profano ouvir esta gritaria. Mas é muito mais grave desouvir. Amores profanos e gestos profanos são mesmo a única salvação. Essa existência tem sido delicada: não se deve jamais chegar de algum lugar remoto do mapa, com notícias súbitas. Isso pode trazer desconforto. Alterar a ordem do dia. Não se deve derramar questões nem pedir lucidez por um momento. Não se deve dizer por favor. Não se deve dizer nada. Os corpos tremem ao saber da fuga do cálcio, da fuga dos morcegos dessa caverna, da fuga das letras do alfabeto. Dentes e ossos tornando-se dispensáveis. Guarda a minha foto aquela em que alguma vez sorria.

## Olindina Updetufel

A infância de nós foi bem difícil, o senhor sabe? Irmandade grande, comida pouca. Depois foi cada um se espalhando pelas cidadinha em roda daqui, fez família própria, acaba se perdendo os paradeiro. Mas de pequeno nós se criamos tudo junto. Mais pai e mãe, sim senhor, Gregório e Valdivina era os nome, e eu cuidei dos dois rente até o finzinho e eu que botei a vela na mãe de cada um quando chegou a hora. Da infância? Eita tempo bom que foi aquele, ainda que nós ia pra roça tudo dia, feijão e fumo, mas de domingo era livrinho pra nadar no açude e depois quentar o sol no lageado. O vô nosso era índio e nunca ninguém de nós ficou doente que os antigo curava a gente com sabedoria própia, raiz, benzedura, livramento. Nós nem nunca ouviu falar de farmacêtico naqueles tempo. Das irmã, se eu lembro os nome? De alguma. Outras casou e se perdeu no mundo. Tinha a Dilvânia, Rosinaura (que nós falava a Tica), a Mariazinha morreu duma cobra, as gêmea a Inacinha e a Umbilina (que nós chamava simplesmente a Lina), e mais umas outra que não me arrecordo bem certo. Eu era o mais pequeno e não gravei tudo os nome. E é mais oito dos homem forante eu. E teve gêmeo nos homem também, Juracir e Guinaldo. Parece que vai sumindo essa nomarada da mente da gente. Se tinha uma Olindina? Olha, não sei dizer pro senhor não. Parece que tinha, agora que o senhor me alembrou. Tinha sim. Era a Dina que eles dizia! Era a mais velha. Do primeiro casamento do pai. A primeira mulher do pai, chamava Terezinha, morreu e ele casou com a irmã dela, que é a nossa falecida mãe. Então os irmão era irmão e primo, ao mesmo tempo. Mas a mãe minha é que criou tudo nós, da primeira leva e mais da segunda. Tinha Olindina sim. Olha que o senhor tá bem certo nisso. Me refrescou o juízo. Tinha. Ela foi bem novinha trabalhar não sei dizer onde não. Era bonita, eles falava. Parece que veio notícia um dia que era de sucesso numa cidade grande, de certo foi mulher-da-vida. Se ajeitou como deu. Não, notícia desta uma nós não recebeu mais não. Eu tinha sabido se chegasse carta – que eu nunca saí daqui desde pequeno. Foi só eu que decidi ficar aqui mesmo, não largar as terrinha e as criação do pai. A gente garra um amor com o lugar. Tive treze filho, o senhor sabe? Mais uns par que a mulher perdeu, que andou um tempo fraca do sangue. Já estão tudo criado hoje em dia. Só dois que desviou por uns tempo, mas depois ajuizou. Tem até uma professora, a Sidiléia, minha mais velha. Se ela tava aqui ia prosear com o senhor que nem palavreado de pessoa com diploma, me refiro doutor. Ah, ela sabe muita palavra bonita tirada de livro. E o Divino Espírito Santo bota entendimento nas palavra que ela fala e as pessoa entende bem desanuviado. Eu aprecio de ver ela conversando. Olha, meu senhor, não sei mais nada não da tal Olindina. Se o senhor tivesse vindo uns mês antes ainda pegava vivo um tio nosso, o Berto, era campeador, ele tinha as história tudinha da família, os acontecido, tudo na cabeça dele. Sabia dizer nome completo e destino de quem o senhor perguntava. E morreu bem com uns 104 ano por aí. De certo sabia dizer dessa uma que o senhor tá procurando agora. O senhor é parente dela?

Essa menina desse retratinho é sua filha? Ah, é sua esposa, de pequena, desculpe. Não reconheço essa. Nesse outro retrato é sua esposa agora, no caso? Ói que deu até um ruim por dentro, vou lhe contar, que essa moça sim, é a cara da minha falecida mãe, o jeito que tá rindo, os olho é bem igual, sem tirar nem por, é cara e focinho, benzadeus, representou que vi a mãe perfeito sem tirar nem por na minha frente agora. Umas mulherada bonita na família, né? O senhor teve gosto na escolha. E como é que chama a sua esposa? Olha, se eu era o senhor ia era falar com o padre Vincenzo que ele é dos bem antigo aqui, capaz que recuperava alguma história. Mas é lá na cidade. Garra pegar estrada que tem chão pela frente. A Vanja faz um farnel pro senhor, tem laranja da novinha arrecolhida do pé, se tiver precisão não se avexe.

Olha, e se o senhor quiser deixar um ajutório aí pra nós, qualquer quantia é do agrado, pelas informação fornecida. Nós ia ficar bem contente e estimar o senhor, que dá pra ver que é figura importante. E somos parente tudo nós, né? Mesmo sangue, bem dizer.

## ESCRITA SECRETA, LETRA DE PODER

São muitos os seus alfabetos são miríades são entendimentos enormes como baleias que compreendem espaços enormíssimos. Como a manhã de verão que toma lentamente a alvorada e põe-se em céu de azul definitivo. O que resta de seu alfabeto são letras desemparelhadas, mantidas numa caixinha talvez, na estampa folclórica de um baralho ensebado, tão remanescente quanto nós mesmos. Tão incompleto, tão necessitado de companhia para formar sentido. Um sentido universal que é visto e tido como precário. Tão precário e desimportante como nós as histórias que construímos sobre nós mesmos. Uma parte é inventada e disforme, uma parte mentira, uma parte foi apagada deliberadamente e pouco a pouco. E a sua e a minha pele guardam camadas de emergência de reflexos, de emblemas, de caracteres — são artefatos ourivesaria são os mais antigos anéis e a sucessão rara dos dedos que os usaram — e de teorias. Os braceletes nos pulsos, os medalhões, os pingentes, os pentes feitos de osso, as moedas e os sinos que trazem gravada a sua voz. Dos traços deixados adivinho o que sou e o que serei. Soubera interpretar as melodias hoje, adivinharia também o que não fui.

### ᚦᛁᛌᛁ ᚠᛚᛝ ᛋᚻᛁᚠᛏᛁ ᛁᛘᚷᛉ

Aqui a nossa história chegará ao fim. É o que me diz, que não aguenta mais, que chegou no limite. Sim, foram anos de espera, eu consigo e conseguirei entender, sim eu não pude voltar o olhar pra você, eu não percebi em que extensão você existia, eu não logrei me livrar dos fantasmas que alimento. Essas as acusações que me fez. E as suas palavras ficaram grudadas no meu ouvido: Ah, Teresa... quando nos casamos... pensei que você se libertaria dessas figuras... que você alimenta... de um passado tão longe tão longe... que só existe pela sua insistência... doentia... em querer mantê-lo vivo. Mas isso não é viver. Me desculpe. Você continuamente se deixando soterrar por essas lembranças que na verdade não são mais nem lembranças. É o enredo forçado de uma história de sofrimento e rejeição que você construiu. E se encarcerou ali. Agora eu estou indo embora, depois de ter tentado tudo, de ter aceito que você nunca quis ter filhos, que nunca quis se relacionar com a minha família. E aos poucos eu também fui me isolando de todos e acabei vivendo nesse reino de fantasmas que agora lhe devolvo – é só seu. Nada mais disso faz sentido pra mim. Quero muito voltar pra vida. Quero muito respirar de novo. Acaba aqui minha devoção cega à sua história. Meu encantamento pela sua figura tão esquiva. Você seguirá sem mim e pressinto que pra você isso não faz a menor diferença.

Aqui, tentando entender esse alaranjado febril das folhas e uns vermelhos insistentes também. A memória em imagens reconstruídas será despir todas essas árvores? Será esperar com enorme paciência que tudo se renove? A bandeira puída deste barco encosta na água gelada e as nuvens pesadíssimas – enorme e difusa moldura – consagram uma promessa de cinzas. Quem chegou aqui por primeiro trouxe cartas modelos regras e alguma bebida forte para as horas mais fundas. Eram todos propensos à celebração e trouxeram consigo fogueiras medos pacificados animais enormes e mais o escrutínio dos segredos em forma de melodia. De doer nos olhos o branco a branquidão do farol contra o dourado das rochas, a imponência das escarpas. Não sei os segredos da nova casa. Não os sei ainda. Qual das imagens é mesmo a casa? A real. Se pode morar em seu duplo, no reflexo do lago, no brilho das gotas de chuva? Se você não tem seu passado em si jamais entenderá o que é seu próprio presente. Esse relógio no alto da Corte da cidade é impecável com seus ponteiros fixos. A imobilidade é impecável. As sombras no campo são impecáveis. Chega de denúncias – é o que deixa vazar esta flor tosca por entre as pedras. Sim, eu a vejo eu a percebo eu tenho um olhar para isto. Um tapete de folhas douradas que o vento não ousa perturbar. Deve ser uma fotografia. Hoje é pra sempre o dia em que cheguei aqui.

MILAGRE, ESCAVAÇÃO
No tempo. A completude a seu tempo. A aproximação lenta da sorte. Se houver que ser dimensionado num tempo direi que não há origem não há gênese. Ali está uma parte sua, na voluta deste instrumento, desta coluna, no detalhe em azul do quadro, no pássaro cercado de uma chuva tão imponente que susta seu voo e sua respiração é quase sem serventia porque o momento se congela. Compreendo que

existam milagres que se igualam ao desabrochar das asas. Compreendo que existam bordaduras, melismas, para que as vozes se apresentem, para que se identifique cada trajetória como única. Compreendo que existam margens invisíveis nos invisíveis rios que intuímos nas invisíveis viagens que fazemos. Vadear a imensidão se assemelha a receber o melhor presente. As receber sorrisos e braçadas de flores. Os sinos da igreja contam do novo dia e as gentes circulam os pássaros nunca mais questionam — apenas migram porque trazem em si mesmos a contingência das rotas. E os olhos olham ao redor e tudo está lá. Tudo é o encantamento e a sonoridade e se desfará no dia sagrado do desfazimento — fosse feito pétala, galho seco, inseto exaurido em pleno voo. Ritmo e aceitação.

Era membro da nossa Congregação, sim. Ainda que em uma situação tão esdrúxula e vulnerável, naturalmente a considerávamos parte da comunidade. Estava sempre aqui na frente da Igreja. Ou ali na praça. Naquele banco à direita, o senhor consegue divisar qual deles? Dormia ali durante o tempo em que esteve conosco. Quando dava alguma chuva, o que é muito raro aqui para essas bandas, ela se abrigava naquele toldo verde ali, que é parte do nosso dispensário, bastando-lhe cruzar a rua. Chegou aqui só com uma frasqueira e a roupa do corpo. Uma postura altiva que jamais perdeu, de mulher ciente de seus grandes encantos. Nunca largou aquela malinha vermelha. As Senhoras Marianas lhe providenciavam refeições e algumas peças limpas de vestuário. Sim, contou-me algo de seu passado, mas esparsamente. O que mais me marcou acerca daquela pobre mulher – Deus tenha piedade dela – é que tinha a alma severamente atormentada; muitas vezes passava horas falando sozinha ali na praça, numa espécie de pregação sem plateia, falando a ninguém, gesticulando, o fio de argumentação perdido em meio a frases quase ininteligíveis. Não, nunca chegou a outro Estado! No máximo até a Capital. Isso sim. Teve uma vida de relativo luxo por lá, trabalhou em local com clientela abastada, se é que o senhor está me entendendo. Mas foi se consumindo naquelas práticas, digamos, mundanas e algo corrosivas. Foi vítima de muita violência. Contou-me que sofreu, inclusive, queimaduras em todo o lado esquerdo do corpo, isso em decorrência de um incêndio do qual escapou por milagre divino. Não podia apagar da lembrança as nefastas experiências do passado – essa foi a sua cruz. Quando decidiu abandonar aquela vida, tentar um recomeço, viveu uns tempos em uma pensão numa cidade vizinha daqui, bem na frente da Igreja do Carmo; tendo curiosidade o senhor pode, inclusive, ir até lá e talvez descubra algo ainda ignorado. Ela me falou desta Igreja, que esteve em contato com o padre de lá, o Pe. Anísio, que conheço de muitos anos. Infelizmente ela não teve sucesso nesta tentativa de mudar de vida. Não conseguiu emprego. Nenhum tipo de emprego. Foi uma mulher muito bonita. Talvez demasiado bonita. Seu olhar, alguma coisa em seu olhar, em seu semblante talvez, fazia com que as pessoas se afastassem dela. Desde que chegou aqui, desde a primeira vez que entrou aqui na Igreja para conversar comigo dava sinais de desequilíbrio e grande aflição. Uma alma atormentada, como eu já lhe disse. Não encontrava conforto nas palavras do Senhor, era resistente. Agarrar-se em demasia ao passado pode ter consequências terríveis. É mesmo um tipo de enfermidade. Uma doença que nos consome. Infelizmente adoeceu também de corpo, uma tuberculose. Foi levada pela Assistência, para tratar-se. Soube, depois de uns poucos dias, que Deus, apiedando-se daquela filha tão sofrida, a levara para Sua companhia. O senhor pode, caso seja de seu interesse, consultar alguém da Assistência Sanitária em busca de maiores esclarecimentos. Faz já um tempo isso, mas eles mantêm registros bem precisos desses casos. Sim, de fato falou-me, algumas vezes, de uma filha. Não sei o quanto de verdade há nessa história de filha.


## RŪNŌ RÚN
Eu e o obsoleto. O quase perdido o quase desaparecido.
A réplica a carta a letra. O risco de existir. Estrofe de um verso antigo antigo. Um fragmento com atributos puídos extenuados. A profecia. Eu sou ao mesmo tempo o nome reconstruído, o amuleto, o sacrifício e a coisa mesma. A essência mágica da coisa num espaço de encantamento.
A sucessão a abreviatura a migração o domador o sinal o monumento e a crença maior. O que resta. Os dados rolando as pedras rolando as cabeças. O significado a ser decidido. O impulso. A transcrição. O hibisco. A metáfora o tule e a sorte.


   O que resta, este risco apenas.

# QUOD FIDELITAS EST FIDELIS

(Não tem fim! E é só o segundo de uma mesa de cinco! Como é que os cara colocaram ciiiinco pra falar nesse congresso vai acabar lá pelas duas adeus almoço. Por que têm que pôr absolutamente tuuudo que fizeram no currículo? Umbigo do tamanho do mundo. Porra, mas esse sujeito que estão lendo aí...! Stanford, Yale, ENS, LMU, HEC, ETH. Ah, grandescoisa, até eu estudei lá e não fico... Putz, é o MEU currículo! Já é a minha vez de falar, porra, pensei que eu ia ser o último depois da Dra. Ponderosa. E agora? Sorrisinho de agradecimento que a plateia tá na expectativa. Ah, a maioria tá aqui pelo certificado. Por que não fui ser dentista, como a mãe sempre quis?)

Bom dia a todas e todos... (blábláblá) ...grande honra... (blábláblá)... agradeço o convite (bbb) ... emérita professora (bbb)... eminente professor (bbb) ...meu orientador nos idos de (bbb) minha orientadora no... (bbb) ...se estarei à altura (bbb) ...uma honra também (bbb)... desde 1975 (bbb) ...modesta contribuição (bbb) sob o título de " (bbb) ...contribuição modesta (bbb) ...estado das coisas (bbb) ...núcleo duro... (bbb) ...passo à leitura:

Escolho Émile Glizand, em seu brilhante *Soliloquacity and Discourse*, para dar início à minha fala. Quando nos diz, e aqui eu cito, "Orality... is inherent to the sense in total displacement", notamos nitidamente que o autor traz a questão crucial, já levantada pelos *targumim* (300 a. E. c.), primeiríssimas traduções com teor crítico do mundo que se compunham pela premissa de quase que uma *actio finium regundorum* quanto à *fidelidade e recepção*, a ideia do original, o texto de chegada, da palavra em seu viés de texto-alvo por assim dizer, de sintaxe ab-pragmática, enquanto o próprio estado de/em/para si. Ou como lindamente nos esclarece Goethe, permitam-me, aqui citado em tradução para o russo que me pareceu mais sonoro: "В полноте счастья каждый день - это жизнь".

Assim, recuperando o ordenamento ponderativo desse pequeno ensaio que ora lhes apresento, vale dizer um trabalho ainda em progresso, modesto *exagĭum* sob e sobre a possibilidade histórica de *quebra da fidelidade* e quiçá da receptibilidade (e aqui lembro que prefere-se hoje usar esse termo ao antigo, a saber, "recepção") do texto produzido, gostaria de cercar o que já Cícero e Horácio, muito antes do procedimento do medievo, consideraram que é a perspectiva do sentido completo de manifestação do texto original cedendo espaço a que soasse mais natural, mais fluido e agradável o texto traduzido. Vemos que a condição de oralidade – o uso primordial do discurso posto em função retrocomunicativa – interage, interpenetra-se e faz interpenetrar as ferramentas da comunicabilidade que o texto suscitou como outrora totalmente não-familiar à comunidade de falantes e de leitores. E eis aqui a reafirmação do *horizonte da fidelidade* na promoção da interrelacionabilidade da própria natureza oral e histórica, esta promulgada por teóricos da monta de Ugo Ong e Marshall McMillan, para citar apenas dois.

Em seu estupendo *Oralité, moralité et fidélité*, Ong nos lembra com todas as letras, e aqui cito: "Vivant à Rome après l'invasion barbare, le ministre Ostrogoth, Boèce, a traduit Aristote en latin à partir de l'arabe préservant ainsi la tradition aristotélicienne occidentale". Isso nos aclara sobremaneira a questão aqui levantada porque é a partir desse interesse pela distintibilidade da cultura oral primária no pleito do discurso narrativo expressivo e informal, que *a questão da fidelidade se expande*. Historicamente falando, não podemos prescindir das conquistas que Tailer, jurista chileno – e aqui, permitam-me render glória à enorme profusão de pessoas ligadas ao estudo do Direito que em muito vêm incrementando o universo dos estudos tradutórios – primeiro ensaísta a apontar a necessidade de preservação completa das ideias, do estilo, da fluidez do texto original, no que se inserem suas [do texto] expressões coordenadas e polissindéticas, as subordinadas, agregativas, hipotáticas, epitéticas, antitéticas, redundativas e analíticas – o que reforça o pensamento sendo com-ceitualizado via o translato da referência relativamente cerrada ao mundo humano, isso enquanto constructo do concreto agonisticamente forjado sobre a abstração do texto original em sua atitude cultural e expansiva de co-municatividade.

Em minha avaliação crítica sobre as propriedades e qualidades da tradução enquanto tradição para o vernaculizado do texto respeitado na integridade de sua literatividade, não hesito em afirmar que a recriação conceitual do ato enquanto ideal tradutório organizado no "fiel", e a partir dele preconizando o já citado Goethe, bem como outros grandes nomes como Poe, Pound, Porsch, Pivi e Pereira, sem se esquecer de Nietzsche, naturalmente, virá a recuperar o elemento para--antropológico e de matriz linguística sobre o que Rumboll formula como "hipótese devir-morte do Autor", momento em que a fidelidade se reconjuga e obtém respaldo na proposição dos limites da protofidelidade determinada pelos limites da linguagem familiar e portanto trans-ferindo e trans-mitindo o significado *ab uso*. Traduzir é, portanto, a definição parcial da transferência do estilo da oralidade da cultura totalmente preservada, intocada, inviolada no cerne do conhecimento da oralidade primitiva em contraste – mas em assimilação à fidelidade que sustenta e depende da funcionalidade dos efeitos, do senso estrito, do senso lato, da experiência em si, da normato-ambientação do subcultural e da ficcionalização do receptor.

Naturalmente sem esgotar as questões ligadas aos graus de intradutibilidade do texto-em-tendência-de-texto, mas com o grande desejo de contribuir para as discussões sucitadas por essa mesa, trago uma pequena equação, que apresento como uma pequena "provocação" aqui, [vejam no slide, por gentileza]:

$$testagem + (parâmetro/requisitos \div acessibilidade)^2 \leq predominância \neq grau\ de\ fidelidade$$

Para encerrar, gostaria de trazer aqui as palavras da cientista escocesa Dame Hosalind Thommy, que nos alerta de que a não-equivalência desconstruída pela ilusão logomúltipla (ideias e ideais de literaridade, originalidade, lateralidade, sentido dado e pragmático) leva à *performatização da fidelidade* com nuances reflexivos da própria psique humana. Citando Thommy, com quem tive a honra de conviver quando de meu 6º estágio pós-doutoral, perdoem-me a pronúncia imperfeita do gaélico que está meio enferrujado: "Gu ìre mhòr gnèitheach, tha an siostam eadar-theangachaidh meta-stèidheachadh an fho-sheasmhach oir tha cruinneachaidhean cultarach air an comharrachadh mar shamhla taobh a-staigh dìlseachd." Ou seja,

o sentido dado desconstruindo o respaldo filosófico do literal *fidelitatis* suplanta o poder do discurso e o discurso do poder, trazendo consensualmente a imagem-espelho da oralização passiva e retrátil para um fórum do contrato de fidelização do particular; e vai além disso, testemunhado pelo texto a ser interpretado enquanto produto das conexões genealógicas, essenciais, contingentes e estruturais do texto autônomo em regime de sistema de objetividades.
Muito obrigado.


(palmas)
(mais palmas)
(Caramba, yesssss, arrasei. Olha a cara da Dra. Schultman, meu, tá boquiaberta com a minha fala. O Plínio aqui do lado nem se mexe. Putamerda tô tremendo todo, tomar um gole dessa água aí, arrumar esses papéis aqui da mesa pra disfarçar a tremedeira. Agora vêm as perguntas. Tomara que não sejam muitas ahh tomara que sejam. Os estudantes devem estar maravilhados. Duvido que tenham assistido a uma explanação tão brilhante desse tema no congresso inteiro, na vida inteira!). Sim, por favor, Prof. Plínio Aroeira, pode ler a pergunta encaminhada à mesa (Só uma! Tomara que seja boa que ainda tem muita coisa incrível que eu não abordei e quero lavar a égua).
Pergunta, do aluno Rosauro Magrão, 7º período, não disse de que Curso: "Parabéns aí pela fala de fidelidade que foi bem foda. Minha dúvida que eu queria saber é como que um especialista como você interpreta a frase 'Deus é fiel'. Valeu."

# ABSOLUTA DEPURAÇÃO

Blandícia blasfêmia blástula blateração bla bla bla. À medida em que participo da vida escrevo isto. Quase já sem palavras mais. Respiro isto. E tudo é exercício de raios, perímetros, curvas fechadas. Não disse esforço. Disse fascínio e jamais direi eternidade. Disse: esse mundo.

Na lista incluo pessoas que gostam de surpresas e poses e colares de contas e assobios. Por fim, pela sobrevivência plena de nós todos, blusas folgadas, grandes mangas, passos largos e asteriscos. Afinal, quase tudo no mundo começou com um sim e o sim justifica o meio. E sobre o que teve um início nebuloso, uma palavra mal articulada ou que mal se ouviu direito porque passou uma moto bem naquele momento, quem falará? Estou com um cansaço violento de ouvir gente contando de fatias, de avenidas, de suas chagas, de suas idas à praia/feira/alfaiataria, de suas gramíneas, de seus romances naturalistas, de suas receitas de pecado, de seu carro virtuosíssimo e sobretudo daquele livro tão belo do qual não se lembra o título mas o que importa é a mensagem. E jamais direi coisa que o valha, pois não. Disse: esse minuto.

Quem falará? Talvez os pássaros que visitaram castelos em ruínas, talvez os líquens que esperam sua vez, talvez as baleias que são antiquíssimas. Mas isso é incumbência desdita. Pensei sobre aqueles que leem no meio da madrugada. Lá estão, firmes. Aqueles que trincam as horas bem no meio. Dá até pra escutar o som dos ossos. Ou que têm a coragem de sair cedo. Levantam-se, apanham casaco e chapéu e saem. Quando tudo é frio e fosco. A palavra felicidade foi inventada nos lugares mais frios, ou pelos peixes que desestimavam a luz do dia. Tudo me justifica porque é da natureza dos pálidos justificarem-se. É da natureza das frutas apodrecerem. Você sempre houve o sim.

Jamais será da natureza das pedras o ofício acima. Sem hipocrisia elas apenas ruminam sua própria certeza de rusticidade. Não se pode imitar nada. Há que se ter um ótimo senso de direção. Na vida é ilícito imitar. Na morte tudo é ilícito. Portanto, há que se enfrentar o começo: no princípio, este quarto. Esta consciência. Mas nada de obscuro, nada de obsceno, nem de trágico. Só o neutro. O ponto chamado morto. Nenhum item de decoração. Tons pastéis. Apenas o oco a ser reverenciado com a integridade de um anexo, a ser assistido como se a um fonema que dará origem ao filme do mundo. Aqui é proibidíssimo fumar gritar trazer animais selvagens, respirar sofregamente, abrir os olhos de novo.

Aqui era vetado expor-se, mas depois esqueceram dessa regra. Afrouxaram os cuidados. Agora pode tudo, se for dentro do horário. Pode-se descer, por exemplo. Descer descer descer até o osso até o fundo até o talo é permitido descer usando as escadas, naturalmente. Ninguém desce. O homem tem mais interesse em alturas. Nunca se sabe se erramos ou se somos o erro. Exemplos: cheguei ao sul porque nasci no sul; cheguei ao meio porque os meios justificam os fins. É o ponteiro hesitante da bússola que nos faz recuperar a importância desta hora e deste quarto. Assim cada um constrói uma história e um destino pra si em que ocorram três coisas obrigatórias: maçã, gosto e vermes.

Haverá sempre muitos homens. Ao homem que toca violino eu sussurrei coisas. Ao homem que cava buracos eu sugeri coisas. Ao homem que adianta os ponteiros eu prometi coisas. Ao homem que me acolheu naquela madrugada antiga eu menti. Ao que colocou um lápis na minha mão eu desejei palavras de verdade. O desfecho: a dama imprópria que pôs o peito pra fora foi digerida com dois antiácidos e nenhum suspiro. Fim do primeiro tempo, do primeiro ato e está sendo velada aquela que ria, aquela que gargalhava. E agora se interpõe falar sobre gatos por que é sempre a tangente, porque uns gostam e outros odeiam. Apenas essas duas possibilidades. E sempre é bom mostrar que se tem um pouco de técnica.

São destreza e saltos longos bocejos ruídos esquisitos sonos integralmente olhos pra tudo que é lado e sustos únicos cismam fazem solos. Na aspereza da língua sonham sonhos egípcios. Toda noite é serenata. E agora se interpõe explicar porque não meninos anéis meteoros falanges e sim gatos: porque estou cansada de realismo mas devo ser o tempo todo realidade. É um cansaço imediato e eterno a história das pedras conformadas à risca e a amarelos, a história dos encaixes, de tudo que se encaixa perfeitamente de tudo que não falha de tudo que é plano e sem pó. É pela fenda da parede derrotada que circulam ratos. Os passos por cima, docemente.

Ainda faltará falar de muitas coisas. Tudo é alusivo. Um cone de plástico um envelope mal utilizado um caco de um pires de porcelana um dedal intacto um cesto de palha carcomido e sujo um arame grosso de fechar vidros de compota um grampo que nunca prendeu uma roupa um lapso um leque esburacado uma miniatura talvez de um rinocerontinho de gesso. Da velha que espera na porta da loja de souvenires vencidos. E da moça entre varizes e baratas. Onde estão as almas boas que compram couros cristais chaveiros estátuas de divindades desconhecidas que nos trarão muita sorte?

O que eu queria mesmo era gritar mas há que se respeitar as leis da sintomatologia. Agora escrevo o que me acontece como posso como dá, sem cerimônia, sem serventia, explícita prosa mundana tosca chula como um chá sem gosto feito das folhas que colhi, escrevo o que me acomete, como me absolvo num sem-número de amanheceres sem considerar os acidentes da clave, a unidade de compasso, o índigo do oceano, o desnorteio da rosa dos ventos, o susto com que se inaugura estar no mundo. Não faria sentido usar o discurso alheio. Em sua função verdadeiramente sintática não cabe meu sonho dourado. Me devolve o troco. Me ressarce a soma. Me restitui o valor do ticket, por obséquio. Dei a cara. Era tudo aquário e espelho. Quer saber: engasga-se.

Estou em pleno movimento centímetro e me verei sorrindo e o coração acelerado. Folhas por favor parem de cair porque a calçada deve permanecer impecável. Cogumelos fresquíssimos aguardam há meses há anos talvez pelo preparo. Nunca fui de inventar prato novo. Conferi os itens da despensa. Pedi à orquídea que floresça de repente. E se uma guerra irrompe? E se neva demasiado nessa cidade onde só faz sol o tempo todo? A prataria está areada e brilhando. Os lustres ponderam. Olha esse dedo em riste. E nós vivemos nessa cidade em que disparam balas. Em que enterram corpos sob deboche. Em que laceram corpos porque desgostam de seus formatos. Em que chutam rostos e acendem velas suspeitíssimas. Em que esmorecem os uivos. Onde o sono faz colar as pálpebras. E estamos cansados de esperar em semáforos em precipícios fartos de sacolejar dentro de expressos com isenção de paisagem e de comprar o sofá tão errado. É mesmo aqui que vivemos sem auroras porque nunca amanhece.

Mas é aqui que nos conhecemos.

E nesse exato segundo você percebe que eu desço a rua sem pressa.

## SOBRE A AUTORA

**Luci Collin**, poeta, ficcionista, tradutora e educadora curitibana, tem mais de vinte livros publicados. Foi finalista do Prêmio Oceanos com *Querer falar* (poesia, 2014). Por esta editora tem publicados *A árvore todas* (contos, 2015), *A palavra algo* (poesia, 2016, Prêmio Jabuti), *Papéis de Maria Dias* (romance, 2018 — com peça teatral homônima montada pelo Teatro Guaíra) e *Rosa que está* (poesia, 2019, finalista do Prêmio Jabuti). Participou de diversas antologias nacionais e internacionais (nos EUA, Alemanha, França, Uruguai, Argentina, Peru e México). Com Doutorado em Estudos Linguísticos e Literários em Inglês (USP, 2003), é professora aposentada do Departamento de Letras Estrangeiras Modernas da UFPR. Ocupa a Cadeira n. 32 da Academia Paranaense de Letras.

CADASTRO
**ILUMI/URAS**

Para receber informações sobre nossos lançamentos e promoções, envie e-mail para:

cadastro@iluminuras.com.br

Este livro foi composto em *Vendetta* pela *Iluminuras* e terminou de ser nas oficinas da *Meta Brasil Gráfica*, em Cotia, SP, sobre papel off-white 80 gramas.